U0500719

走进科幻小说的奇异世界

郭琦◎著

海峡出版发行集团
海峡文艺出版社

图书在版编目(CIP)数据

走进科幻小说的奇异世界/郭琦著. —福州:海峡文艺出版社,2022.3(2024.1重印)
ISBN 978-7-5550-2715-7

Ⅰ.①走… Ⅱ.①郭… Ⅲ.①幻想小说－小说研究－世界 Ⅳ.①I106.4

中国版本图书馆 CIP 数据核字(2021)第 182414 号

走进科幻小说的奇异世界

郭 琦 著		
责任编辑	谢 曦	
编辑助理	吴飔茉	
出版发行	海峡文艺出版社	
经 销	福建新华发行(集团)有限责任公司	
社 址	福州市东水路 76 号 14 层	
发 行 部	0591－87536797	
印 刷	福州万紫千红印刷有限公司	
地 址	福建省福州市闽侯县南屿镇高岐村安里 6 号	
开 本	700 毫米×1000 毫米 1/16	
字 数	100 千字	
印 张	7.25	
版 次	2022 年 3 月第 1 版	
印 次	2024 年 1 月第 3 次印刷	
书 号	ISBN 978-7-5550-2715-7	
定 价	30.00 元	

如发现印装质量问题,请寄承印厂调换

写在前面的话

Hi，你好！

感谢你亲手翻开这本《走进科幻小说的奇异世界》。

你是否和我一样，爱好阅读科幻小说、观看科幻电影？

你是否和我一样，对科幻小说中神奇的科学世界充满憧憬？

你是否和我一样，喜欢天马行空的幻想和逻辑缜密的批判思维？

如果"科幻小说"是我们共同的爱好的话——不妨借用"大刘"（刘慈欣）的科幻小说《三体》中ETO（地球三体组织）成员们的一句话："我们，是同志了。"

科幻小说，是一种充满幻想的文学形式，是一种充满活力的文学形式，它以缜密的逻辑思维进行故事构建，让作者和读者共同在严谨的科学架构中思考人生。

希望这本书能够成为我们共同爱好的指引，带领我们一同飞向浩瀚的星空，潜入无底的深海，穿越千年的时光，探索外星的文明，开拓未知的宇宙，体会别样的人生。

我们相信，幻想永无边界，我们的征途是星辰大海！

目　录

绪　论
漫谈科幻小说的"关键词"

在开始本章的内容之前，我们不妨一起来思考一下：科幻小说究竟是一种怎样的存在呢？

可以说，经过两个多世纪的发展，科幻小说这种相对"年轻"的文学类型，已经逐渐融入人们生活的方方面面。从我们小时候乐此不疲的动画片，到2019年红遍海内外的国产电影《流浪地球》；从斩获国际"雨果奖"的科幻小说《三体》，到各种影视剧中的宇宙探索、时间穿越……各种不同形式的科幻作品都给人们留下了深刻的印象和不同的启示。接下来，我们不妨将科幻小说阅读和创作的关键词进行梳理，一同重新认识一下这种特殊的文学类型。

 科幻小说概念的"科学"血统

生活在现代社会中的人们，对"科幻"这个名词可能并不陌生，那么我们是否可以给科幻小说下一个准确的定义呢？换句话说，科幻小说有哪些不同于其他文学类型的区别性特征呢？

想要一下子给出一个完美的定义，恐怕并非易事。在此我们不妨换个思路，想想我们很多人小时候都看过的日本动画片《哆啦A梦》，它可以被称为"科幻"作品吗？相信很多人的答案是肯定的。记得我小时候看《哆啦A梦》的时候，对主人公大雄书桌抽屉里藏着的那个"时光机"印象十分深刻，因为只要钻进去，就可以穿越到过去或未来的任意一个时间点。如果书桌抽屉里真的能有一架属于我们自己的时光机的话，那一定是一件很酷的事。

同样是钻进一个家具，英国作家 C. S. 刘易斯创作的《纳尼亚传奇》中的衣橱则可以把主人公带入一个神奇的魔法世界，那么《纳尼亚传奇》是不是科幻作品呢？相信很多人的答案是否定的。为什么同样是进入到某个空间，《哆啦 A 梦》里的抽屉就是科幻，而《纳尼亚传奇》中的衣橱就不是呢？不难看出，《哆啦 A 梦》这部动画片里隐藏了更多的与科学、技术相关的因素。比如，主人公"哆啦 A 梦"是一个来自 22 世纪的机器猫，这就引入了诸如"机器人""人工智能"等方面的元素，机器猫的身上有个"四次元口袋"，而"时光机"则是通过一种技术手段在时间维度中进行穿梭，这样一来，"空间""维度"等科学概念都被囊括其中了。相比之下，"纳尼亚王国"则完全无视了现实世界的物理规则，解决一切问题的方式不是科学技术，而是魔法，这样的一个明显的差异就帮助我们将"科幻"和"魔幻"进行了第一个区分。

除此之外，我们不妨再来思考一个作品中的人物。如果说一个人能够摆脱地球重力的作用在天上自由飞翔，他的身体十分强壮、无坚不摧，眼睛可以透视、甚至喷火等等，这个人物算不算是科幻作品中的人物呢？科幻电影《超人》中的主人公就是这样一个形象，不过这个人物可不是普通的地球人，而是被设定为一个"外星人"，他的身体素质是母星"氪星"的超强重力作用和自然环境造就的，所以到了地球上，地球的引力对他而言几乎没有束缚作用，于是超人在地球上就像是登上月球的宇航员那样。因为月球的重力只有地球的六分之一，宇航员们尽管穿着厚重的宇航服，动作却十分轻盈，超人也是如此，他身上所具备的"超现实"能力，是可以在现有的科学理论中得到完美解释的，所以，超人也就理所应当地成了科幻作品中的代表人物之一。

在中国传统文学中有一个类似的人物，他也十分强壮，刀枪不入，也可以在天上飞来飞去，眼睛也可以透视、喷火等，但他的身上长着毛，手里拎着金箍棒，这就是《西游记》中的主人公孙悟空。在我们看来，孙悟空肯定不算是科幻人物，因为在《西游记》里，对他的超能力并没有一个"科学"的解释，所以我们只能把他的超自然能力归为神话人物的魔法力量。从科幻小说"约定俗成"的惯例来看，无论故事中的主人公遇到的事件多么匪夷所思，都应该是在我们的科学技术架构中可以解释的问题，否则这部作品就和科幻的范畴无缘了。

由此我们认为：科幻小说中的事物，可能是"超现实"的，却往往不是"超自然"的。也就是说，科幻故事中的悬疑之处能否通过科学体系进行合理解释，是"科幻"与"魔幻""神话"之间最大的区别。

在英语里，科幻常被缩写成"S. F."两个字母，但学者们对这个缩写的原型却有不同的理解，比如它可以被还原为"Speculative Fiction（推理小说）"，泛指所有和推理、幻想有关系的小说的总称；另一个原型是"Science Fantasy（科学奇幻）"，指的是融合了科幻和奇幻元素的作品；而人们所熟知的"Science Fiction（科幻小说）"则更加准确地指代了我们比较熟悉的科幻小说的概念。由此，不难总结出关于科幻小说特征的第一个关键词——科学。这是可以最为直观地显示科幻小说的"区别性特征"的概念，尽管科幻文学作品中的故事情节往往都是虚构的，但这种虚构的情节却不完全是天马行空的想象，而是以科学因素作为主要架构。

由于科幻小说具有"科学"这一特别因素作为支撑，故而当鲁迅先生等文学家把当时被称为"科学小说"的科幻小说译介到中国的时候，就是抱着让其中的科学因素来启迪民智的目的。

例如鲁迅先生在他所翻译的凡尔纳的科幻小说《月界旅行》

（现译本通常题为《从地球到月球》）的"辨言"中曾经写道，科幻小说的特点在于"经以科学，纬以人情"，意思是说科幻小说可以在讲述一个动人的故事的同时，把科学的概念融入其中，从而把探索科学精神的动力传递给读者，起到"润物细无声"地普及科学的作用。因此，鲁迅先生认为："导中国人群以进行，必自科学小说始。"这一论断明确地提出，创作者要把能够让公众普遍接受的科幻小说当成让人们意识到先进科学技术巨大作用的一把"金钥匙"。

 ## 科幻小说中"想象力"与"忧患意识"共存

可以说，我们正生活在一个"幻想成真"的年代。随着 20 世纪以来科学技术的迅猛发展，越来越多曾经只能存在于幻想之中的事物已经逐渐变成了现实。但是科幻文学却并没有止步于此，而是仍然不断开拓着人类想象力的边界，这种对未知的好奇心和探索精神也推动着一部部具有代表性的科幻文学作品不断涌现。

早在 1818 年，一位名叫玛丽·雪莱的女士突发奇想：如果不通过自然生殖的办法来赋予人类生命，而是把人类尸体的碎块拼接之后，通过电力来创造生命，会发生怎样的故事呢？于是世界上第一部真正意义上的科幻小说《弗兰肯斯坦》诞生了。

我们可以在三维空间里上下左右地自由移动，那么在作为"第四维度"的时间里呢？目前我们还只能沿着线性时间随波逐流般地生活，不过，H. G. 威尔斯在他的科幻小说《时间机器》中就把在时间长河中的穿越变成了现实，于是《时间机器》也就成了包括"哆啦 A 梦"的时光机在内的各种各样"穿越"主题的创意鼻祖。

几千万年前，恐龙曾经是地球的统治者，如果这些已经变成化石的生物通过先进的生物技术重获生命的话，会发生怎样的事情呢？迈克尔·克莱顿在小说《侏罗纪公园》里就为读者们复活了这些曾经的地球霸主，这部小说在被导演斯皮尔伯格搬上大银幕之后，取得巨大成功，一次又一次地引起世界范围内的"恐龙热"。

2020 年 7 月，阿联酋、中国、美国的火星探测器都已经成功发射，经过 7 个多月的飞行后，陆续到达火星这颗神秘的红色星球。随着科技的发展，人类登陆火星的梦想也会逐渐成真，那么登上火星的人会顺利生存下去吗？安迪·威尔的小说《火星救援》就给读者们讲述了一个火星"鲁滨逊"绝地求生的故事。

从这些科幻作品中我们可以看出，除了将科学理论和技术应用作为主要的故事构建元素之外，所有科幻小说的一个永恒的立意可以概括为一个英文短语："What-if（假定推测）"，意思是说"假如"出现了一个怎样的前提，"就会"发展出如何的结果。正如科幻小说家厄休拉·勒奎恩所说，科幻小说中，基于"What-if"的假设给创作者们带来了无穷的想象空间。而通过深入阅读这些不同主题的科幻小说，不仅能够开拓读者们的视野，也能够激发人们的想象力，特别是能够提高其批判性思维能力，这种能力对于我们理解现实世界中的相关因素，具有很强的促进作用。

2018 年，中国科幻作家刘慈欣在荣获"克拉克想象力服务社会奖"的时候，曾经在致词中提到，科幻小说是一种"基于想象力"的文学。然而，令人深感遗憾的是，现实生活中人们却往往容易陷于"温水煮青蛙"式的麻木状态，每天疲于应对各种琐碎事务，难以跳出现实的窠臼，去思考一些更加"超脱"的问题，甚至去想象看似平淡的生活表象之下潜藏的危机。这个论断在 2020 年初以来的新冠疫情所带给人类的严峻考验中得到了印证。刘慈欣在一篇题为《新冠疫情与外星人》的文章中明确指出，人们在过去相当长的一段时间里过多地关注了生活的安乐，并没有在思想上真正意识到未知的忧患的存在。从这个意义上说，新冠疫情的暴发和外星人的突然入侵一样，都是人们始料未及的。这种"意外性"是很多科幻小说探讨的主题之一。除了刘慈欣的论述之外，科幻作家韩松在一篇题为《科幻是大国雄心的表达方式》的文章中也曾经说过，科幻作品的意义之一，就是针对人类未来可能面临的威胁进行预警，而这种对于忧患进行预警的表现形式采取的是小说这种文学类型，而故事架构和解决问题的关键往往是科学。这也正是科幻小说的实际功能之一。

这样说来，科幻小说能否对未来进行有效"预测"呢？我们在不少介绍科幻作品的文章中都能看到各种各样的信息，比如说儒勒·凡尔纳的科幻作品《海底两万里》预言了潜艇的出现等，虽然事实可能并非如此。不过不可否认的是，有些科幻文学作品的故事架构的确和现实不谋而合，比如威廉·吉布森在 1984 年出版的科幻小说《神经漫游者》中就有对互联网，以及在如今还属于科技开发尖端的"脑机接口"的文字描述，现在的读者在阅读过程中会感觉其中的语言表述和我们日常使用互联网的经历非常相似，但在当时，个人电脑还并不为人们所熟知，甚至威廉·吉布森自己还是在打字机上一字一句地敲出整篇小说的。

那么，可以据此认为某些文学作品真的具有一定的预言性，能够精准地告诉我们未来可能发生的事件吗？对比现实的生活经历，很多人都会有一种被科幻作品的描述"言中"的感觉。不过当我们冷静下来之后就会发现，在科幻的世界里，此类主题的作品可谓是浩如烟海，各种作品中对未来的"描述版本"也不尽相同，有乌托邦式的，也有反乌托邦式的，有描述科技发展的光明未来的，也有叙述黑暗恐怖的世界末日的。而我们所经历的，不过是科幻文学对未来众多可能性进行叙事时的一种。所以我们完全可以说，科幻小说中的故事基本上是"纯属虚构，如有雷同，纯属巧合"的，如果因此出于某种目的，根据科幻小说的情节来引导现实发展，就未免有些本末倒置了。

由此我们不难看出，科幻小说一定程度上可以被视为受到现实社会和未来科技发展趋势影响所产生的想象，其中更多的则是描述根据某种科学概念推导出的人们在某种情况下所做出的可能性活动。而在故事叙述过程中，主题、情节、科学架构、矛盾冲突和作者的想象力也都是不可或缺的重要因素。

驱动科幻小说情节发展的"主题矛盾"

所谓"文似看山不喜平"，科幻小说叙事的另外一个特征就是思想实验特性，即通过前文中所提到的那个"S. F."缩写中的一个词语"Speculative"（推测性）来体现。科幻小说正是在文学的世界中安放一个预设的前提，在一个虚构的世界中来推断人性的走向。而推动科幻小说情节持续发展的，正是其中的主题矛盾。可以说，设置合理的矛盾冲突是任何科幻小说作品都无法回避的重要的关键词。

刘慈欣曾经在一篇题为《超越自恋——科幻给文学的机会》的文章中，引用了科幻作家汤姆·戈德温的经典短篇科幻小说《冷酷的方程式》，这是一部对刘慈欣本人创作思想产生过重要影响的作品，特别是其中的"冷酷"因素在他的作品中以不同的形式得以再现，比如《三体》中所构建的"零道德"的宇宙公理，包括常常被引用的那句"毁灭你，与你何干"等，都是一个个十分"冷酷"的例子。2007年，作家刘慈欣和学者江晓原曾经就这样一个"思想实验"的命题进行过深入的探讨，讨论重点设定在一个虚构的情境中：如果世界即将毁灭，幸存下来的三个人只有吃掉其中的一个才能生存并将人类文明延续下去，这种情况下，"吃人"是不是一个理性的选择呢？

这个看似残酷的命题源自菲利帕·福特在1967年提出的著名伦理学思想实验——"电车困境"：假设一辆失控的电车沿着轨道开过

来，有五个人被绑在前面的轨道上，即将被车撞死，而一个人手边有一个控制杆，可以控制电车开到另外一条铁轨上，但这条轨道上也绑着一个人，这个"控制者"所面临的两难处境就在于，是要选择A：无动于衷地让电车继续运行，撞死这五个人；还是选择B：亲手搬动控制杆，用杀死一个人的代价换取五条生命。①

"电车困境"充分表现出伦理学中"道德"与"功利"之间的矛盾，这也是科幻小说常见的主题原型。比如，当地球面临毁灭的时候，究竟是建造宇宙飞船搭载着少部分人类逃生，还是让所有人都有平等逃亡的机会呢？在科幻电影《星际穿越》中，当地球已经面临着生死存亡的紧要关头时，人们最终选择了通过建造星际飞船的方式，让一部分人得以逃生，作为人类的"火种"被保留下来，而地球上的绝大多数人只能"自生自灭"。这种方式只能保证一部分人得以存活，当然在电影里制订和实施计划的都是美国作为主导的，体现出的自然是美国式的价值观。

而在电影《流浪地球》中，中国人则选择了另外一条路——"带着地球去流浪"。这个举动充分体现出了中国传统的人文特色。另一个值得注意的地方是在电影的高潮部分，当地球被木星的引力俘获的时候，如何逃离这个困境就成了整个影片的主题矛盾所在。在电影中，当救援团队刚刚提出点燃木星大气，用爆燃产生的冲击波来推动地球逃生的方案的时候，人工智能MOSS就已经指出，这个做法经过计算，是行不通的，但后来这个办法却成功了，是什么原因呢？这并不是影片的一个BUG（漏洞），而是因为MOSS在计算的过程中忽略了一个条件，那就是以刘培强为代表的人类，特别是中国人在困境中所表现出的牺牲精神。这种人文主义的情感因素是

---

① ［美］卡思卡特著，宋沉之译：《电车难题》，北京：北京大学出版社，2014年，第4页。

MOSS 这样的"纯理性"人工智能无法理解的,是真正人性光辉的体现,这也表现了电影《流浪地球》中强烈的中国特色。可以说,科幻文学作品的最高境界正是对于"人性"主题的探索和表现。

"陌生化"——科幻小说中重构的"疏离"现实

科幻作家陈楸帆在为作家七月的科幻小说《群星》所作的序言中提出一系列优秀科幻小说的判断标准。他认为,一部成功的科幻小说应该至少具备三个特征:在主题中提出重要问题;在故事叙述中唤起情感上的联结共鸣;在表述方式上表现出"陌生化"的审美体验。

所谓的"陌生化"审美体验,完整名称是加拿大科幻研究学者达科·苏恩文所提出的"认知陌生化"(Cognitive Estrangement)。根据这个理论,科幻小说中所表现的情节与内容,无论多么匪夷所思,都不是"超自然"的,而是现实生活的"疏离化"表现形式,而这种表现形式和叙事内容则是符合人们的理解和认知规律的。比如弗兰克·赫伯特在作品《沙丘》中塑造的沙漠国度明显带有阿拉伯国家的影子,特别是故事中对香料的攫取凸显出现代社会对石油能源的争夺和国家之间的政治博弈;H. G. 威尔斯的《世界之战》中所表现的则是两个文明之间的正面冲突;我们熟悉的科幻作品《安德的游戏》,在电影里体现的是一个天才少年的成长历程,而在小说中则表现出更加深刻的时代背景。

科幻研究学者宋明炜先生在《中国科幻新浪潮》一书中提出,科幻小说中塑造的世界是"认同"和"异质"的组合。① 其本质在

————————

① 宋明炜:《中国科幻新浪潮:历史·诗学·文本》,上海:上海文艺出版社,2020年,第71页。

于为读者塑造一个不同于现实的"他者"的形象,这个形象的原型,可以是一种文化、一种文明,甚至是我们自己的潜在思想。正是因为有了这样一个"认知·陌生化"理论,我们可以更加清楚地从另一个视角看待我们这个已经"久而不闻其香,即与之化矣"的现实世界。例如,科幻作家陈楸帆在其代表作《荒潮》中,就通过一种"赛博朋克"的科幻风格为我们呈现出对现实世界的再现和反思,印证了"科幻就是最大的现实主义"的说法。

从"小众化"的点子到"大众化"的作品

科幻小说常常被描述为"小众人的大众文学"。从本质上说,科幻小说的创作者们,其实是一个能够耐得住寂寞的群体。科幻作家飞氘曾经做过一个很形象的比喻:"科幻更像是当代文学的一支寂寞的伏兵,在少有人关心的荒野上默默地埋伏着,也许某一天,在时机到来的时候,会斜刺里杀出几员猛将,从此改天换地。但也可能在荒野上自娱自乐,自说自话,最后自生自灭。"这种说法并不是空穴来风,因为很多作品的起始的"点子"并不是很大众化的话题。

比如科幻小说《三体》的故事创作缘起,可以追溯到美国在20世纪70年代所发射的"旅行者"号宇宙探测器,探测器上搭载着一个标记着地球在宇宙中的位置的光盘,而刘慈欣就是根据这个信息点开启了自己的发散性思维,想象如果外星人捕捉到了这颗飞行器,进而发现了地球的位置的话,会给地球带来怎样的影响。正是这样一个简单的假设,最终促成了《三体》系列小说的诞生。

科幻创作是这样,对科幻小说的解读也是如此,正如罗兰·巴特所说,一千个人眼中有一千个哈姆雷特,不同的人对于同一部科幻作品的接受和理解程度是完全不同的。除此之外,科幻文学的发展和壮大也离不开整体的外部环境。近年来,正是由于中国国力的日益强大，科学技术的长足发展，民众综合科学素质的逐步提升，才激发出人们对像《三体》这样的科幻小说作品，对《流浪地球》这样的科幻电影作品浓厚的兴趣。

科幻作家雨果·根斯巴克曾经有一部作品《科学家拉尔夫124C·41+》，题目中的这串字符用英语读出来的话，正是"One to foresee for one another（意为：互为预言）"的谐音。根斯巴克通过这种方式揭示了科幻文学与现实生活之间"相互预言"的密切关系。不可否认的是，随着宇宙空间开发、生物技术、人工智能等领域中科学技术的深入发展，留给科幻作家的幻想空间正在变得越来越狭窄，因为越来越多的幻想已经直接变成现实了，比如人脸识别技术，曾经是以《少数派报告》为代表的科幻小说和科幻电影所引发的热门话题，而对于现在的我们来说，这种技术已经是司空见惯，如果某部科幻小说再去"幻想"出人脸识别技术的话，恐怕就不可能再带来那么强的"惊异感"了。由此可见，在科学技术日新月异的今天，文学领域中的"科学幻想"和技术领域中的"科学应用"正在逐渐呈现出一种高度融合的状态。一个突出的例子就是艾萨克·阿西莫夫提出的"机器人三定律"，这原本是科幻小说中的虚构内容，而在现实生活中，已经逐渐成为人工智能发展的一个重要影响因素，由此，"科幻"和"科学"两者之间的亲密关系也可见一斑。

从另一个角度上看，科幻小说不仅在文字叙述的层面将科学发展的未来可能性直观地呈现在读者面前，更从心理上激发了读者对科学应用的好奇心和兴趣。在历史上，包括天文学家爱德文·哈勃、卡尔·萨根在内的许多著名科学家，都是因为小时候受了科幻作品的影响，进而投身科学研究。如果今天的年轻人也能够通过阅读科幻小说激发出对现实科学的兴趣，从而投身科学研究，成为未来的科学工作者，这将是科幻小说对科学界的最大贡献。

学者阿尔文·托夫勒在《未来的冲击》一书中提出，科幻小说

在今天比任何作品更具价值，它不仅能够引导个人的人生，还能引导群体和世界的未来。从科幻小说阅读和创作的"关键词"中不难看出，科幻小说作为一种具有强大生命力的文学类型，既包括主题向度中对可能世界中的推测，也包括对现实社会描述的认知疏离，还包括对科学技术因素的理解和科学架构的运用。在此，我们不妨借用发明大王爱迪生的那句名言："天才是百分之一的灵感加上百分之九十九的汗水"来看待科幻小说。科幻小说中也有着"百分之九十九"的科学架构、文学表现、哲学思考，加上那"百分之一"的创造性想象力作为启发，从而为读者构建出一个重新审视自身的现实的"镜子"。也正因为如此，无论是硬科幻中"星辰大海"的雄心壮志，还是软科幻里"诗和远方"的浪漫温情，都会为读者们带来面对生活的好奇心，面对未来的想象力，面对现实的批判性思维；这种创新性思维方式，正是在我们"重识"科幻之后所得到的最大收获。

愿我们阅尽科幻千篇，归来仍是少年！

（本文曾于 2020 年连载于《中国青年作家报》，经删改、完善后，收入本书）

"时间旅行"篇

《时间机器》：让我们一起"穿越"吧

 **导语**

　　法国思想家伏尔泰在小说《查第格》中提了一个有趣而又发人深省的问题："世界上有一种东西，它最长而又最短，最快而又最慢，可以分割到无穷小而又可以扩展到无穷大，最不受重视，却最值得惋惜；没有它，什么事情都做不成；它使一切渺小的东西归于消失，使一切伟大的东西生命不绝。"这是什么呢？

　　相信大家看到这里，心中已经有了答案。没错，这个问题的答案就是——时间。

　　正如孔子曾经说过，"逝者如斯夫，不舍昼夜。"时间就是这样一种客观的存在，无论我们如何渴望，时间总会永不停滞地在我们身边流逝。因此，古往今来，无数文人墨客都在作品中慨叹韶华易逝，时不再来。同样，从历史到现实，不管是高高在上的秦皇汉武、唐宗宋祖，还是普通的黎民百姓，时间都是一视同仁地对待我们，不快不慢。

　　记得曾经有一首名为《往事只能回味》的流行歌曲，歌中唱道："时光一逝永不回，往事只能回味。"所谓"往者不可谏，来者犹可追"，已经成为过往的事情是无法改变的。当我们因为某些难以弥补的遗憾而扼腕叹息的时候，会不禁生出一种幻想，希望能够拥有重来一次的机会。这种改变既成事实的幻想，往往成为很多"穿越"主题文学作品和电影作品的创作动因。

在本章中，我们就以英国作家赫伯特·乔治·威尔斯的经典作品——被誉为"穿越"主题科幻小说鼻祖的《时间机器》为主要阅读对象，从文学赏析的角度，了解威尔斯在小说中构建的故事架构，探讨小说的现实特征；从哲学层面思考时间穿越带来的"外祖父悖论"；再一起还原"时间机器"产生的科学架构，并对可能实现的时间穿越进行"技术性"探讨，共同来探讨一下"时间穿越"这一主题在科幻小说中的表现形式，寻找不一样的解读视角。

赫伯特·乔治·威尔斯——其人其作

赫伯特·乔治·威尔斯于 1866 年出生于英国肯特郡，是一名政治家、历史学家，当然最为人们所熟知的一个身份是一名科幻作家。威尔斯创作了大量的科幻小说，曾经被人认为是与儒勒·凡尔纳比肩的"科幻小说之父"，也被誉为"科幻界的莎士比亚"。

威尔斯年少时家境贫寒，生活和学业都一度难以为继。后来，他终于获得了宝贵的求学机会，进入皇家科学学院学习。他的一位老师对他影响很大，这就是大名鼎鼎的"进化论"的倡导者——科学家托马斯·赫胥黎。威尔斯对赫胥黎钦佩有加，因此他所创作的很多科幻小说都一定程度上带有这位自称"达尔文的斗士"的科学家所主张的进化论思想。

第一次世界大战后，威尔斯创作并出版了《世界史纲》（*The Outline of History*），这是他的另外一部代表作，也标志着他正式转型成为历史学家。威尔斯晚年的作品主题转向灵魂、宗教、道德等方

面。1946 年，威尔斯在伦敦去世。

可以说，威尔斯的科幻作品是他给后人留下的一笔巨大的文学遗产。他所创作的科幻小说作品，不仅展示了未来科技的神奇，更反思了技术给人类生活带来的副作用。有评论认为，威尔斯的科幻作品就像一位英国绅士，在娓娓道来的故事中表述了自己对世界未来发展的忧虑和不安。从这一点上来说，他的作品与同时期的凡尔纳作品中的乐观主义倾向有着明显的不同。然而，威尔斯的作品又不完全对未来世界表现出悲观失望的态度，而是在体现出"未来忧患性"的同时，给人们以希望和提示。

例如，在科幻小说《世界之战》中，来自火星的外星人一夜之间入侵了地球，它们拥有远超出人类社会的科技水平的武器，人类完全失去了抵抗能力，遭到空前屠杀。在反抗外星侵略的战斗中，人类的本性和生存的能力也受到前所未有的挑战。然而正当世界即将崩溃，人类即将陷入绝境的时候，故事却发生了惊人的逆转。因为不适应地球上的微生物环境，强大的火星人在很短的时间内被一种意想不到的微小力量——病菌打败。这部小说曾经在美国被改编成广播剧，一度引起听众的巨大恐慌。

在科幻小说《莫洛博士的岛》中，一名叫作莫洛的科学家利用器官移植和外科手术技术，把人类和动物的身体进行拼接，创造出半人半兽的生命体——兽人。不过莫洛博士的目的却并非科学研究或探索生命奥秘，而是对兽人进行残酷的奴役和统治。莫洛博士的实验最终以悲剧告终。《莫洛博士的岛》可以被视为世界上最早的描述"生物改造技术"的科幻小说。

威尔斯也将创作的目光投向了太空。在科幻小说《登月第一人》中，一位名叫凯沃的科学家研制出一种能阻挡万有引力的物质，并用它制造出一只飞行球以飞向月球。在月球上成功登陆之后，科学家遇到了月球上奇异的人类，还经历了九死一生的太空冒险。

除此之外，包括《隐身人》《神食》等科幻小说，都为读者带来了一个又一个充满了奇思妙想的故事。可以说，我们所接触的当代科幻文学作品中几乎所有的主流话题，例如时间旅行、外星人入侵、太空歌剧、反乌托邦、生物科学等，都可以在威尔斯的作品中找到对应的影子。

如果对威尔斯所创作的科幻小说进行梳理的话，不难发现，在当时大多数人还不知道科幻小说为何物的时候，正是他的一部部充满奇思妙想的作品让科学幻想小说这种文学类型真正独立地走进人们的视野。因此有人认为，应该把《时间机器》出版的 1895 年定义为"科幻小说元年"。

《时间机器》——小说速读

小说《时间机器》中有两个主要人物，一位是被称为"时间旅行者"的主角，他是"时间机器"的发明者，不过在小说中，这个主角并没有一个确定的名字，而是通篇用"时间旅行者"这个代号来进行称呼。小说的叙述者是作品中的二号人物，他是时间旅行者的朋友，对时间旅行这种新鲜事物抱有极大的好奇心，因此在小说情节发展的过程中主要承担了"转述者"的角色。

故事是从时间旅行者的家里开始的。这一天，他邀请了包括小说叙述者在内的一群朋友来到家里，向他们展示了自己的研究成果——一台可以在时间维度进行穿越的时间机器。时间旅行者向朋友们解释了机器运作的原理，声称自己将乘坐这台时间机器去探索未知的世界。

一周之后，朋友们在约定的时间来到了时间旅行者的家里，但作为主人的时间旅行者却迟迟没有露面。正当大家十分疑惑的时候，却看到时间旅行者衣衫褴褛、疲惫不堪地走进屋子。对着餐桌上的

食物一顿狼吞虎咽之后，他开始给朋友们介绍自己的冒险经历。

原来，时间旅行者乘坐时间机器进入了未来的世界，停在公元802701年。他发现自己进入了一个全新的世界。在这个伊甸园般的世界里，他见到了未来的人类——被称为"埃洛伊人"（Eloi）的种族。埃洛伊人身体柔弱，但面容姣好，长相精致，就像是一群无忧无虑、天真无邪的孩童。就在时间旅行者开始探索未来世界的时候，他在河边救下了一位差点被淹死的姑娘威娜（Wena），威娜也因此对时间旅行者产生了很强的依恋之情。

然而好景不长，另外的人种——莫洛克人（Morlock）出现了，他们长相丑陋，举止粗野，生活在地下，只有晚上才从地下爬出来，靠捕食埃洛伊人为食。莫洛克人偷走了时间机器，把它藏在满是机械设备的地下洞穴里。

为了打退莫洛克人，寻找时间机器，时间旅行者点起一堆火，谁料想这把火不仅烧死了莫洛克人，也夺走了威娜的生命。

时间旅行者再次开启时间机器，开始了前往未来的两段航程，当他第一次停下来的时候，却发现地球上已经是一片破败的景象，人类已经不知所踪，只有巨大的螃蟹般的怪物和白色的蝴蝶般的动物主宰着整个世界。而到了未来3000万年后，时间旅行者看到的景象更令人触目惊心：太阳变成了一个红色的低垂的圆球，地球停止了转动，到处是一片死寂，在血红的海岸边只有长着长长触角的巨大物体在蠕动。

这就是时间旅行者回到约定的时间后向朋友们讲述的"未来之行"的故事。正当大家半信半疑的时候，他从兜里掏出了威娜曾经送给他的，已经枯萎了的花，让人们相信了这个匪夷所思的故事。

小说的结尾部分，叙述者再次来到时间旅行者的房间里，看着他再次坐上时间机器出发，继续进行时间探险，但是这次他再也没有回来……

《时间机器》——科学架构溯源

时间是什么呢？

我们常说"时光如水，生命如歌"，时间和水是否真的具有如此的相似性呢？我们可以亲眼观察、感受到水的流动，但有谁真的看见过时间呢？没有实际表象的时间又怎么能时刻不停地"流逝"呢？即使是时钟"滴答滴答"地不断运转，也不过是通过一种人工机械计量的方式，对我们无法触摸、更无法控制的时间所进行的一种人为化显示。由此可见，对于我们人类而言，与其说时间是能够被感知的实体，倒不如说它更像是一种"修辞方法"，以一种"只可意会，不可言传"的抽象形式存在。

尽管我们无法亲身感知，却无法否认时间的存在。正是因为时间的客观存在性，让古往今来的科学家、文学家有了"脑洞大开"的基础。从《时间机器》这部科幻小说的叙事中就可以看出，时间旅行者之所以能够把"时间机器"创造出来，依靠的科学理论架构，正是把时间视为一个具体的维度。在这一点上，威尔斯的思路是非常具有前瞻性的。《时间机器》创作于 1895 年，而爱因斯坦则是在多年之后才在相对论中正式对时间的维度特征进行系统的科学论述，可见《时间机器》中的科幻叙事的确走在了科学研究的前面。

人类真的可以在时间的长河中穿越吗？在现实中，科学界普遍认为大概有三种可能的穿越方式，即"虫洞""黑洞"和"超光速运动"。然而，这三种模式仍然只是具备理论的可能性，从来没有人能够成功地通过实践来进行验证。

"时间穿越"——困难重重

　　科幻小说家雷·布拉德伯里曾经创作过一部经典的"穿越"主题科幻短篇小说——《时间狩猎》。小说讲述的是在未来，人们建造出时间机器，带动了一个全新的旅游产业——让探险者穿越到史前时代，去猎杀恐龙。但是，参加这种活动是需要严格遵守规则的，猎手绝对不能擅自行动，所选择的猎物也是那种"必死无疑"的，也就是说，猎杀的对象是那种即使不被人杀死也会由于其他的原因死亡的恐龙。制定如此严格规定的目的，就是要把"穿越"的影响降到最低。然而，在一次远古狩猎活动中，一个成员不小心踩死了一只蝴蝶，而这只蝴蝶恰巧是进化链条上的一个重要物种，等他们回到未来的时候，发现这一事件带来的影响远远超过了他们的想象（剧透部分到此为止，欲知后事如何，请大家阅读原作）。

　　这部小说后来被改编成电影《雷霆万钧》（*A Sound of Thunder*），在电影海报上，最引人注意的就是一只蝴蝶的形象。这一方面对应着小说原著中狩猎队员踩死蝴蝶的举动；另一方面，也代表了"时间旅行"无法绕开的"蝴蝶效应"。

　　所谓"蝴蝶效应"理论，源自气象学家罗伦兹所提出的气象学理论，对这个混沌学名词的一个通俗解释就是："一只南美洲亚马孙河流域热带雨林中的蝴蝶，偶尔扇动几下翅膀，可以在两周以后引起美国得克萨斯州的一场龙卷风。"

　　这个理论听起来似乎不可思议，不过细想起来，却有几分道理。正如在西方广泛流传的一首民谣说的那样。

　　　　丢失一个钉子，坏了一只蹄铁；
　　　　坏了一只蹄铁，倒了一匹战马；

倒了一匹战马，伤了一位骑士；

伤了一位骑士，输了一场战斗；

输了一场战斗，亡了一个帝国。①

当然，如果单纯把一场龙卷风的起因直接归结为一只蝴蝶翅膀的扑扇，或者把一个帝国的衰亡完全归咎于一颗小小的钉子的丢失，这种理由似乎太过于牵强了。所以"蝴蝶效应"作为混沌学的理论之一，其本质并不在于针对结果追溯出一个明确的原因，而在于凸显出在一个封闭系统里某些因素影响作用的"放大"结果。

"蝴蝶效应"在时间旅行的思想实验中所衍生出的另外一个不可避免的思想实验，就是所谓的"外祖父悖论"（或者称为"祖父悖论"）。这个悖论可以在法国科幻小说家赫内·巴赫札维勒（René Barjavel）的作品中找到原型。在这个悖论限定的环境中，假如一个人"穿越"到过去，在自己的父亲出生前把自己的祖父母杀死，那因为祖父母死了，他的父亲自然就不会出生了。而没有了他的父亲，这个"穿越者"也就不会出生，但如果穿越者没有出生，又是谁穿越回去把自己的祖父母杀死呢？这就形成了一个首尾循环、无法打破的"怪圈"。

在很多的科幻小说、影视作品中，关于这种时间穿越活动中的"外祖父悖论"，有着各种各样的表现。

比如，在科幻电影《回到未来》中，男主人公马丁乘坐着博士发明的时间机器回到过去，正好来到自己父母年轻的时代。结果仪

---

① 原句为：For want of a nail the shoe is lost, for want of a shoe a horse is lost, for want of a horse a rider is lost. 文中所引用的谚语为富兰克林根据传统谚语改编而成。见刘毅：《英文谚语词典》，北京：中国青年出版社，2001年，第128页。

表堂堂的马丁竟然让正值豆蔻年华的母亲一见钟情，甚至对他芳心暗许。这就是一个典型的"外祖父悖论"的表现：如果马丁不能让父母相爱并结婚，他自己根本就不会诞生，因此在影片中，每当他的父母的感情危机降临的时候，他随身带着的一张照片上，自己的形象就会变得模糊起来，甚至消失。为避免自己消失的命运，马丁想方设法撮合父母相爱，最终得以安全回到出发的时间。

动画片《哆啦A梦》中也有一个类似的情节：大雄和哆啦A梦非常想知道连载在杂志上的漫画的下一期内容，于是前往漫画家的家里去询问，偏巧漫画家正处于才思枯竭的状态。为了解决这个问题，哆啦A梦开着时光机来到了下一个月，买回来一本那个月的漫画，让漫画家照着画。

那么问题来了，请大家思考一下，这本漫画究竟是谁画的呢？在这两个故事中所表现出的便是时间旅行的"信息悖论"。比如，未来有一个能够造出时间机器的科学家，乘坐时间机器回到了过去，然后把制造方案和图纸告诉了年轻时候的自己。这样一来，时间旅行的秘密就没有起源了，因为年轻时候的科学家所拥有的时间机器并不是自己创造的，而是年老的自己交给他的，而未来的老年科学家的时间机器图纸又来自于年轻时的自己，这样一来，现在的信息来自未来，未来的信息又源自现在，信息的起源就消失了，从而产生了一个"鸡生蛋、蛋孵鸡"的循环故事。

关于这些时间旅行造成的"悖论"，大家能给出完美的解释吗？

 《时间机器》——延伸阅读

在我们熟悉的古文《桃花源记》中，以捕鱼为业的武陵人来到了与世隔绝的桃花源，"问今是何世，乃不知有汉，无论魏晋"。似乎这种绝世独立的生活使时间停滞不前了。由此可见，对于时间的

流逝，置身于桃花源内的人们和现实世界的人们有着完全不同的感受和理解。

《太平广记》中曾经收录了唐代沈既济写的一篇题为《枕中记》的传奇小说。在小说中，赶考的卢生在客栈里偶遇一位神通广大、通晓仙术的道士吕翁。看到卢生一直在感叹自己生不逢时，吕翁便拿出一个瓷质枕头让卢生睡下。在梦中，卢生考取了进士，迎娶了清河崔氏，升官发财，过着衣食无忧、子孙满堂的生活。一生大起大落，享尽了荣华富贵的卢生在临终之时突然惊醒，发现自己还在小旅店里，吕翁还坐在自己的身边，而店主所蒸的黄米饭还没有熟呢。这个故事正是"一枕黄粱""黄粱美梦"等成语的来源。这种梦中"穿越"的活动也是科幻作品中常用的构思手段。

相传晋朝时期，有一个叫作王质的樵夫，居住在衢城（今天的浙江省衢州市）。有一次他去城东的石室山上砍柴，刚好看到两个童子正在下棋，于是王质就停下来把柴和斧子放在一边，专心致志地看起下棋来。过了一会儿，童子对王质说："你怎么还不回去呢?"王质这才起身，刚想拿起斧子，却发现斧子的柄已经完全腐烂了，而当王质回到村里，却发现不知不觉中他竟然在山上度过了几十年，和他同时代的左邻右舍都已经不在了。这个典故被收录在南北朝的《述异记》中，也有很多其他的文学作品提到这个故事，正是因为王质的经历，人们常常把围棋称为"烂柯"。

类似的故事也发生在日本的神话人物浦岛太郎身上，传说他曾经被邀请到龙宫里做客，在龙宫里住了几天之后再回到岸上，发现时间已经过了几百年。同样，华盛顿·欧文所创作的《瑞普·凡·温克尔》、威尔斯在 1910 年创作的《当沉睡者醒来时》等作品中，也都利用了这个设定。这些故事正应了人们常常慨叹的那句："天上方一日，地上已千年!"

在美国文学中，马克·吐温于 1889 年创作的小说《亚瑟王朝廷上的康涅狄格美国佬》中就出现了关于"时间旅行"的描述。据劳拉·米勒在《伟大的虚构》一书中的介绍，马克·吐温是在买到一本马洛礼的骑士传奇《亚瑟王之死》之后，萌发了创作这部作品的念头的。在马克·吐温的笔下，这位生活在19世纪的美国佬是被机械设备意外撞击到头部而进行了"穿越"，出现在公元528年的亚瑟王时代。作为一个来历不明的怪人，他被投入监狱，并将被处以火刑。巧合的是，这个美国佬清楚地记得那年的一次日食的时间，因此宣称自己有将太阳抹去的能力。当日食发生时，人们大为惊恐，立刻把他奉若神明。在被释放之后，这位"康州美国佬"很快融入了当时的生活，不仅用自己掌握的现代技术打败了著名的魔法师梅林，甚至开始着手对这个让他既迷惑又恐惧的历史世界进行大刀阔斧的改革。于是，工厂、水泵、电网、报纸，甚至机关枪等技术产物纷纷出现在亚瑟王的时代。轮子代替了马蹄，枪炮代替了长矛。这个被尊称为"老板"的美国佬，影响力甚至超过了当时的国王，成为亚瑟王朝举足轻重的人物。

这个"穿越"的故事可能并没有给中国的读者们留下太多的印象，它的知名度也不及《汤姆·索亚历险记》等作品，但是这个"康州美国佬"的经历却从另一个角度显示了马克·吐温对"时间穿越"话题充满幽默的理解和幻想。

小说《寻秦记》作为香港著名武侠小说作家黄易的代表作之一，也常常被认为是历史穿越小说中的代表作，并经过了多次影视化改编。在黄易的笔下，科幻元素和传统武侠实现了完美的结合。主人公项少龙穿越回大秦王朝去见证秦王嬴政登基的历史时刻，却阴差阳错地成了那个时代的"缔造者"之一。

美国科幻作家罗伯特·海因莱因曾经创作过一篇题为《"你们这些回魂尸——"》的科幻小说，被称为最"烧脑"的作品之一。在这部小说里，主人公"我"在酒吧里工作时，遇到了一个男子，给

"我"讲了自己的悲惨经历。原来他曾经是女儿身，名字叫珍妮，从小在孤儿院长大。有一天，她邂逅了一个年轻男子，两人相爱，但这个男人却不告而别，只留下珍妮独自一人生下了一个女儿，但在生孩子的时候出现了意外，医生发现珍妮是一个双性合体的人，为了保住她的性命，医生们不得不为她做了手术，把她变成一个男人。但珍妮生下的女儿又因在育儿室里遭到了不明人士的绑架而失踪了。于是这个珍妮变成的男子开始自暴自弃，变得穷困潦倒。这时，"我"向这个男子亮出自己的身份，其实"我"是服役于时间穿越局的时空特工，并承诺可以把这个男子带回过去，让他教训一下那个抛弃珍妮的负心汉，前提条件是回来后他要加入太空军团服役，男子答应了，于是他们一同回到了过去，但这个男人转而和一个女孩相爱了，然后这个叫作"珍妮"的女孩怀了孕。时间旅行者把接受招募的年轻男子带回未来进入太空军团，接着来到珍妮女儿降生的时候，把这个女孩绑架走，并通过时间旅行回到更遥远的过去，把她抛弃在一家孤儿院门口，这个女孩就在那里长大，被起名叫作"珍妮"。时间旅行者回到未来，给了正在太空军团服役的男子一个升职的机会，提拔他为时间穿越局的时空特工，并给他安排了一个在酒吧乔装为酒保的工作，这个酒保的任务之一就是等待一个自称曾经是女孩"珍妮"的男子……

怎么样，这个故事够"烧脑"吧？读到最后，我们终于悟出，原来所有出场的人物竟然是同一个人！这个时空穿越的故事，正应了小说中的那句话："蛇吞吃了它自己的尾巴，周而复始。"大家不妨找来原著读一下，看看这种烧脑的作品究竟会给我们带来怎样的"穿越"体验。读过之后，不妨一起来回答一下故事末尾时空旅行者躺在床上，看着自己肚子上的那条剖宫产留下的疤痕时提出的那个问题："我知道我是从什么地方来的了——可是你们是从什么地方来的呢，你们这些回魂尸？"

"太空歌剧"篇

《2001：太空漫游》：旅行到宇宙尽头

 **导语**

哲学家康德在自己的墓志铭上留下这样一句名言："世界上有两种东西，我对它们的思考越是深沉和持久，他们在我心灵中唤起的惊奇和敬畏就会越来越历久弥新，其中一个是我们头顶上浩瀚的星空，另一个就是我们心中的道德律令。"

本章中，我们将以英国著名科幻作家阿瑟·克拉克的经典科幻小说《2001：太空漫游》为主要阅读素材，一起来聊聊科幻小说中的一个特殊的分类——"太空歌剧"主题。通过对其中的相关主题进行探究，完成"脚踏实地""从地球到月球""我们的征途是星辰大海"三个层次的思考，共同展开想象的翅膀，遨游无尽的宇宙，寻找夜空中最亮的星！

 阿瑟·克拉克——其人其作

阿瑟·克拉克于 1917 年出生于英格兰。从儿时开始，克拉克就对天文学和科幻小说表现出极大的热爱和关注。他后来成为英国星际协会成员，主张通过实际行动来把星际旅行的构想变为现实。

第二次世界大战期间，阿瑟·克拉克服役于英国皇家空军，成为一名雷达工程师。他突发奇想，认为如果能将雷达的发射和接收装置尽可能升高，甚至超出大气层的话，一定会对远距离无线电通信效率产生促进作用。正是基于这个灵感，阿瑟·克拉克于 1945 年发表了一篇关于使用地球同步卫星进行传播的可能性的学术论文。之后，这篇论文逐渐从想象变成现实，直到今天，人们还常将位于赤道上方的地球同步卫星轨道称为"克拉克轨道"。

除了在现实科学领域做出了巨大的贡献外，阿瑟·克拉克也是一位高产的科幻作家，曾经创作出诸如《童年的终结》《与拉玛相会》《月海沉船》《上帝的 90 亿个名字》等多部脍炙人口的科幻佳作。克拉克的许多科幻理念也对现实科学技术的发展产生强大的推动力，例如在《天堂的喷泉》这部科幻小说中，他构想出了一种不依赖火箭进入太空，而是把地球同步卫星和地面通过像"脐带"一样的装置连接在一起的"太空电梯"。这一理念源自俄国物理学家齐奥尔科夫斯基的理论，在克拉克的笔下，太空电梯的形象和原理逐渐丰富起来，甚至成为现实生活中空间科学家们研究的重点课题。当有一次被问及"太空电梯"什么时候能够成为现实，阿瑟·克拉克严肃地回答："大概在大家停止取笑这个概念之后的 50 年左右。"克拉克对科学发展的未来抱有乐观的态度，坚信科学技术的发展一定能解决人类社会的固有问题。

与阿西莫夫的机器人"三定律"类似，在科幻创作和科学研究方面，克拉克也总结出自己的"基本定律"。

定律一：如果一个德高望重的科学家说某件事情是可能的，那他可能是正确的。但如果他说某件事情是不可能的，那他也许是非常错误的。

定律二：要发现某件事情是否可能的界限，唯一的途径是跨越这个界限，从不可能跑到可能中去。

定律三：任何非常先进的技术，初看都与魔法无异。

在阿瑟·克拉克一生创作的诸多科幻小说中，最负盛名的当属1968年和导演斯坦利·库布里克合作构思的科幻作品《2001：太空漫游》。这部小说的灵感来自克拉克早期的短篇小说《前哨》，后来经过重新润色、扩充，成为电影同名长篇小说，引起公众的广泛关注，成为科幻电影和科幻小说领域中里程碑式的作品。

克拉克一生的大多数时间都生活在斯里兰卡，但他的想象力却囊括整个宇宙，继《2001：太空漫游》之后，克拉克又创作了《2010：太空漫游》《2061：太空漫游》《3001：太空漫游》等作品。2000年，英国王室委派专人来到斯里兰卡，册封阿瑟·克拉克为英国爵士。阿瑟·克拉克于2008年3月去世，在他的墓碑上，镌刻着这样一句墓志铭："他从未长大，但他从未停止成长"。

中国科幻作家，科幻小说《三体》的作者刘慈欣一直将阿瑟·克拉克视为自己的终身偶像。他曾坦言："我所有作品都是对《2001：太空漫游》的拙劣模仿。"我们在观看2019年上映的国产科幻电影《流浪地球》时，不难看出其中的许多镜头，例如宇宙空间站的运行、中俄两国宇航员的出舱活动、"叛逃"的人工智能MOSS，都是向《2001：太空漫游》这部经典作品的致敬。

《2001：太空漫游》——小说速读

《2001：太空漫游》的故事开始于300万年前的古非洲，一群猿人在首领"望月者"的领导下，正在经历着食物短缺、水源匮乏和其他族群、天敌带来的威胁，生存岌岌可危。有天晚上，一块石板从天而降，发出奇异的声音，显示复杂的图案，最终引导望月者带领的猿人们学会制造和使用各种工具进行捕猎，成功度过生存危机，最终进化成人类。

时间一晃来到了现代，海伍德·弗洛伊德博士搭乘宇宙飞船前往月球上的克拉维斯基地参加一次会议，因为科学家发现第谷地区的磁场显示异常，并在月球地表之下挖掘出一块巨大的石板，据考证，这块石板已经存在了300万年之久。石板尺寸特殊，呈现出严格的1：4：9的比例，向人类展示了第一个地球之外存在智能生物的证据。就在阳光照射到这块石板上的时候，它突然发射出强烈的无线电信号，像涟漪一样在宇宙中扩散开来。

接下来，故事叙述的重点聚焦在"发现号"飞船的土星探险任务。执行探险任务的宇航员包括大卫·鲍曼、弗兰克·普尔和其他处于人工冬眠状态、在临近土星时才会被唤醒的三个人，真正控制太空船的是一台代号为"哈尔9000"（HAL9000）的人工智能电脑。飞行途中，哈尔告知宇航员飞船的通信系统组件发生故障，正当普尔搭乘分离舱检修时，却遭到了哈尔控制的分离舱的撞击，不幸殒命太空。与此同时，哈尔控制系统杀死了三位冬眠的宇航员，并试图杀死留在舱内的大卫，大卫殊死抵抗，通过拆除哈尔的记忆芯片最终控制了飞船。随后，大卫通过弗洛伊德博士事先录制的视频得知，原来他们此次任务的真正目的是为了探索土星的卫星——伊阿珀托斯，因为那里是第谷石板发射讯号的目的地。

在接近伊阿珀托斯时，大卫发现在卫星的一大片椭圆形白色区域中出现了一块黑斑，就像是一颗眼珠一样注视着他。等飞船靠近的时候，他惊讶地发现那块黑色区域竟然是一块巨大的黑石板，大卫随即没入黑石板之中，仅仅通过无线电发出了最后一句话"天呀……这里都是星星"。

大卫在这个充满星星的空间中被一种不明的力量加速，四周星星像轨迹般地拉长，随即他发现自己竟然来到了一间旅馆的套房里，看到了一些既熟悉又怪异的场面。等大卫入睡之后再次醒来，发现

自己已经被塑造成一种新的、不朽的存在，他可以在太空中生存、旅行，于是便瞬间回到了地球的上空，他变成了"星童"（Star Child）。

 ## "从地球到月球"的"科学"与"幻想"

在中国的传统古诗词中，既有"小时不识月，呼作白玉盘"的童真，也有"举杯邀明月，对影成三人"的孤独；既可以借助"春风又绿江南岸，明月何时照我还"倾诉思乡之苦，也可以通过"明月几时有，把酒问青天"表达离别之情。可以说，自古以来，皎洁的月光一直是历代文人墨客的灵感来源。

在西方文学中，月球也同样激发了一代又一代作家们的创作灵感。早在古罗马时代，讽刺作家琉善（又译名"卢奇安"）就发挥了丰富的想象力，在他的小说《真实故事》中描绘了一个奇异的月球世界。天文学家开普勒也曾经写过一本题为《梦》的小说，讲述了到月球旅行的故事。当然，琉善的故事重点在于讽喻现实社会，而开普勒的作品中人们登月用的是"魔法"，其中并没有"科幻"的因素，不能算作真正的科幻小说。

自从真正意义上的科幻小说诞生以来，最为读者所熟知的一部关于登月的科幻小说大概就是儒勒·凡尔纳的《从地球到月球》了。20 世纪 70 年代，当"阿波罗"登月计划成功之后，有人曾经将其与《从地球到月球》进行了对比，结果发现，凡尔纳作品的准确性简直不可思议。比如，第一次成功载人登月的"阿波罗 11 号"飞船航速是 35533 英尺/秒，而《从地球到月球》中的载人炮弹航速为 36000 英尺/秒；"阿波罗 11 号"飞船登月用了 103 小时 30 分，而小说中的载人炮弹到达月球用了 97 小时 13 分，仅仅相差 6 小时。《从地球到月球》中描写的发射场地位于美国佛罗里达州，而"阿波罗"计划的发射场地正是位于佛罗里达州的卡纳维拉尔角。这些巧合不得不令人感叹，科幻和现实竟然有如此多的相似性！事实上，正是因为凡尔纳本人在前期做了大量的研究工作，所创作出的小说才有这么多真实的细节和精准的描述，这一点对于我们的科幻创作者来说也是个难得的启示。

除了凡尔纳之外，同时代的科幻小说家 H. G. 威尔斯也创作了一部登月的作品《月球上最早的人类》（或译为《登月第一人》），描述了通过使用可以摆脱地球引力的物质来登月的故事。

中国第一部真正意义上的科幻小说——荒江钓叟于 1904 年创作的《月球殖民地小说》也将目光投向了月球，讲述了主人公龙梦华乘坐气球登月寻找家人的故事。这部作品是以连载的形式刊登在《绣像小说》上的，最终没有全本存世，不能不说是一大憾事。

中华人民共和国成立之后，张然的《梦游太阳系》、郑文光的《第二个月亮》等科幻小说都把月球作为叙事背景，这些作品也极大地激发了人们对月球的想象。

在影视领域，关于月球的科幻题材更是不胜枚举。1902 年，电影制作先驱乔治·梅里爱根据凡尔纳的科幻小说拍摄的《月球旅行记》，被公认为世界上第一部科幻电影。电影中，登月者们乘坐的"炮弹"落在月球上时，不偏不倚地砸在月球的"眼睛"上的情景，让人忍俊不禁。斯坦利·库布里克和阿瑟·克拉克合作的《2001：太空漫游》中的登月舱在月球着陆的场面堪称电影制作的经典。在此之后的其他的科幻电影，如《独立日》《变形金刚》《钢铁苍穹》《月球》等都将月球作为故事叙述和情节发展的主要环境。

"太空歌剧"科幻小说名词溯源

就像我们经常把音乐分成诸如古典音乐、流行音乐等不同类型一样，"太空歌剧"也是科幻小说中一个特别的类型。现在，我们通常把像小说《2001：太空漫游》，或是影视剧《星际迷航》这类通过故事情节来描述宇宙航行探险的叙事类型定义为"太空歌剧"，听起来充满了人类对于宇宙空间的浪漫幻想。不过，这个名词诞生之初，却有着不同的含义。

"太空歌剧"这个名词最早出现于 20 世纪 40 年代，首先是用来批评早期科幻小说中的一些"粗制滥造"的太空故事作品的。在那个时候，人们刚刚开始从技术探索层面关注我们身处的浩瀚的宇宙，而一些小说创作者则先走了一步，开始在他们以宇宙空间为背景的作品中"开疆破土"。这些科幻冒险故事的质量往往不高，只是把早期西部片的牛仔故事嫁接到宇宙的空间环境下，因此不乏那种驾着火箭在宇宙中放牧，征服蛮荒文明，顺便英雄救美的俗套故事情节。因此当美国作家威尔森·塔克在 1941 年创造出"太空歌剧（Space Opera）"这个词的时候，也顺便给它归纳了三个特征：一是太空歌剧总和太空船有关，就像航海小说离不开航船一样；二是此类小说都是一种探险故事，无论是敌是友，故事中的主人公都是人类宇航员或者外星宇航员；三是太空歌剧的故事情节往往冗长拖沓，伴随着永无休止的探险活动。

不过，这个带有讽刺意味的定义也逐渐被后人否定，特别是随着人类社会科学技术的发展，空间探索活动逐渐被人们所熟悉和接受，"太空歌剧"这个名词也被赋予了一个全新的含义，开始呈现出一种更加精巧的叙事模式。

真正使读者意识到"太空歌剧"主题科幻小说的存在意义和重要影响的，除了 20 世纪 60 年代航天科技的迅猛发展和广泛应用之外，还有不少被称之为科幻"黄金时期"的小说家，其中与罗伯特·海因莱因、艾萨克·阿西莫夫二人并称为"20 世纪科幻小说三巨头"的阿瑟·克拉克就是其中最负盛名的一位。

"太空歌剧"科幻小说，从幻想到现实

事实证明：《2001：太空漫游》这部小说中所描写的许多技术细节，都远远超出了当时人类的想象。例如，小说中有这样一段文字。

"大鸟将从大鸟的背上起飞，把荣耀归于它出生的巢。"

好了，现在这只大鸟已经起飞了，超出达·芬奇的梦想，而它虚脱的同伴则又飞回地球。这节燃料用光的火箭，将划出一道长达一万英里的弧线滑入大气层，会因距离而加速，最后降落到肯尼迪中心。再过几个小时，经过保养并重新添加燃料，这节火箭又可以再把另一个同伴送往那片它本身永远也去不了的闪烁的寂静中。①

就在几年以前，这段文字还被视为是一种幻想中的航天方式。因为在传统的火箭发射活动中，无论是美国的"土星五号"系列火箭、苏联的"能源号"系列火箭，还是中国的"长征"系列火箭，都是秉承着对火箭箭体的一次性使用原则，因为发射过后的箭体受重力作用坠落到地面之后，往往损毁严重，即使回收也无法进行再次使用。然而，随着近年来以美国太空探索技术公司"Space X"为代表的高新技术公司对"猎鹰"系列运载火箭的成功回收，这种科学幻想已经成为技术现实了。这种"梦想成真"的惊喜，也正是科幻小说的魅力所在。除此之外，《2001：太空漫游》中宇航员使用的平板电脑、可视电话、以哈尔9000为代表的人工智能在1968年的

---

① ［英］阿瑟·克拉克著，郝明义译：《2001：太空漫游》，上海：上海文艺出版社，2019年，第46页。

时候还是遥不可及的想象，而这些都在我们如今的生活中逐渐得以实现。

接下来我们从科幻回归现实，看看中国航天科技所取得的骄人成就。

2003 年，第一艘载人飞船"神舟五号"成功发射，中国成为继苏联和美国之后第三个能够独立开展载人航天活动的国家。

2013 年，"嫦娥三号"成功降落于月球表面，所搭载的"玉兔号"月面登陆器在月球上留下了中国人的印记。

2019 年 1 月，"嫦娥四号"在月球背面实现了软着陆，传回了第一张月球背面的高清照片。

2020 年 7 月，中国火星探测器"天问"号成功发射。

2020 年 12 月，"嫦娥五号"完成了既定的探月规划，也为中国载人登月计划打下了坚实的基础……

2021 年 5 月，中国"祝融"号探测器成功登陆火星。

2021 年 6 月，中国人首次进入自己的空间站……

中国的航天壮举一次又一次地震惊了整个世界，实现了中国人几千年来"可上九天揽月，可下五洋捉鳖"的豪迈梦想。

1992 年，阿瑟·克拉克在《原子科学家公报》上改写了奥斯卡·王尔德的一句名言："我们必须清理自己身处的阴沟——但也绝不能忘记仰望星空。"的确，"太空歌剧"主题科幻小说中既有大尺度的空间距离描写，也有大跨度的时间概念叙述，可以说是我们人类想象力最佳的文学表达。它们的魅力在于引发人们对于"太空大航海"时代科学探索的思考和热情，给我们提供了一个全新的宇宙视角，让我们进一步体验新科技的应用对人类生活的改变，并让我们有机会去思考明天的无数种可能。

"生命奇迹" 篇

《弗兰肯斯坦》：创造生命的无尽可能

 **导语**

恐龙，曾经在地球上生存了大约 1.6 亿年，却在 6500 万年前的某段时间里，因为某种无法确定的原因突然灭绝，退出了历史舞台。

改编自美国科幻小说家迈克尔·克莱顿同名小说的电影《侏罗纪公园》通过这样一个片段展示了恐龙是如何"起死回生"的：科学家找到有着 6500 万年历史的琥珀化石，因为琥珀是树木分泌的树脂在凝固之后经过石化作用形成的，其中就有可能完整地保存着当时刚刚吸完恐龙血液的古代蚊虫。科学家将琥珀中封存的恐龙的血液提取出来，得到了恐龙的遗传物质碎片，再通过生物科学技术将其中的 DNA（脱氧核糖核酸）片段补充完整（剧透一下，电影里使用的是青蛙的 DNA，这也正是导致后来恐龙种群数量泛滥的原因）。

这种复活恐龙的做法可谓"脑洞大开"，其中当然也不乏值得推敲的地方。比如 DNA 的半衰期大概是 521 年，换句话说，每经过 521 年，原有的 DNA 分子就会有一半被破坏。再过这么长时间，剩余的部分又会被破坏掉一半。所以我们可以想象，经过 6500 万年之后，原来的 DNA 还有多少得以保存呢？此外，仅凭几块琥珀化石中的蚊虫血液来复制出如此多的恐龙，就像是随机从一堆拼图碎片中抓取几块来拼成完整的图样，这个工程的难度可想而知。

近年来，生物遗传技术的迅速发展的确给人们的生活带来了翻天覆地的变化，也许未来的某一天，一种高科技技术真的可以把已经灭绝的生物活生生地复制到我们面前来。不过，我们不妨从另一个角度来进行思考：如果这个过程真的可以实现的话，我们究竟是"创造"了恐龙呢？还是"复活"了恐龙呢？

如果说是"创造"恐龙的话，这应该是一个"从无到有"的创造过程。但无论是小说还是电影里展示的，都是运用技术手段，通过已经存在的DNA蓝图"搭建"出一个生命体。

如果说这是让恐龙"复活"的话，科学家们并不是通过抢救等医疗手段把已经死亡的个体的生命"还原"出来，而是通过提取没有生命力的遗传物质进行加工后才"培育"出活的恐龙的，所以这种说法也并不十分准确。

在此，我们就带着刚才提到的"创造"和"复活"这两个关键词，通过对历史上第一部真正意义的科幻小说——玛丽·雪莱的代表作《弗兰肯斯坦》进行深入解读，从科幻文学的角度重新审视一下科幻小说中创造的"生命奇迹"。

玛丽·雪莱——其人其作

历史上，1816年常被称为"无夏之年"，因为受到印度尼西亚坦博拉火山爆发的影响，整个欧洲都被笼罩在寒冷的阴雨天气之中。就在这一年夏天，玛丽·雪莱开始构思她的代表作——《弗兰肯斯坦》。这本出版于1818年的作品曾经被归类为"哥特式小说"，但更让人熟悉的定义则是在布赖思·奥尔迪斯在他的科幻小说史《亿万年大狂欢》中提出的，这是"第一部真正意义上的科幻小说"。

玛丽·雪莱（1797-1851）的父亲威廉·戈德温是一位有自由主义思想的哲学家，她的母亲玛丽·沃斯通克拉夫特是一位作家和早期女权主义者。玛丽·雪莱的母亲在生下她10天之后就去世了，这让玛丽一生都对母亲的死抱有亏欠之情。玛丽和诗人雪莱曾经有过两个孩子，但都不幸夭折。因此，死亡的阴影一直笼罩着玛丽·雪莱的一生，也成为她的作品创作的灵感来源之一。

小说《弗兰肯斯坦》的诞生可谓一个巧合。就在1816年6月的一个夜晚，玛丽·雪莱、诗人雪莱、诗人拜伦和他们的朋友波利多里医生聚在日内瓦湖南岸的狄沃达蒂别墅里，阅读一部译成英文的德国恐怖故事。诗人拜伦提出建议，让现场每个人都创作一个关于超自然现象的鬼怪故事，举行一个写作比赛。据玛丽·雪莱后来回忆，那天晚上她做了一个梦，梦见一个面色苍白的学者跪在自己所创造的一个怪物身边，这时，一台功率强大的机器启动了，这个怪物开始抽搐，并显现出生命的迹象。

玛丽·雪莱根据这个梦境带来的灵感，创作出了《弗兰肯斯坦》这部小说，并在1818年正式出版。当时故事写作比赛现场的另外一个成员——波利多里医生最终把他所构思的故事写成了一部吸血鬼主题的哥特式小说。这部作品虽然不像爱尔兰作家布拉姆·斯托克创作的吸血鬼主题小说《德古拉》那么出名，但也是这次写作比赛的一个特别的成果。

继《弗兰肯斯坦》之后，玛丽·雪莱于1826年创作了一部关于未来的小说《最后一个人》，把故事发生的时间设定于21世纪，描述了当时一场瘟疫席卷世界，世界上只剩下最后一个人的故事。虽然这部小说一定程度上启发了后来的作者创作了诸如《我是传奇》等作品，但它的知名度并不及《弗兰肯斯坦》。

《弗兰肯斯坦》——小说速读

　　《弗兰肯斯坦》这部小说采用了书信体的形式，通过转述的方式，在主要叙述者罗伯特·沃尔登给他的姐姐的几封信中为读者讲述了科学家弗兰肯斯坦"创造"生命的故事。

　　故事的开篇描述了一个名叫罗伯特·沃尔登的青年和他率领的一批水手驾船北上，来到北极进行探险的经历。当他们乘坐的船只遭到浮冰围困的时候，他看到远处有一架雪橇一闪而逝，上面有个巨大的身影。第二天，船员们发现了另外一架雪橇，上面躺着一个奄奄一息的人。经过悉心照料，这个人苏醒过来，并与罗伯特成为好朋友。在攀谈之中，他介绍了自己的遭遇。

　　这个被救上来的人叫维克多·弗兰肯斯坦，出身于日内瓦一个贵族家庭，从小受到良好教育，并在德国的高等学府中深造。他相信既然人或动物能够经历从生到死的过程，那借助科学的力量，由死复生的生理过程也是有可能实现的。

　　经过不懈努力，弗兰肯斯坦终于初步揭开了电化学和生命之间的奥秘。为了证明自己的观点，他不断出入停尸房、解剖室甚至墓地，获取人体器官和组织，进行配组、缝合，然后在一个午夜，通过人工方式为这部巨大的躯体输入生命。

　　但是，当这个拼合而成的"怪人"真正活过来的时候，弗兰肯斯坦却对其表现出极大的恐惧和厌恶，他逃离了自己的实验室，抛弃了自己的"研究成果"，任其自生自灭。

　　从弗兰肯斯坦回忆的与怪物的一次谈话中，人们得知，被创造出的怪物刚刚获得生命时，感到非常孤独和凄凉。因此他自己走出了实验室，开始了颠沛流离的生活。他暗中向人类学会了用火，并遇到在山中隐居的一位盲人老人和一对青年男女。怪物非常羡慕他们的生活。于是，他白天趁青年男女外出时偷偷帮助盲人老人做了很多家务活，偷出书来自学了语言、知识，甚至阅读了许多文学、哲学名著，并且开始渴望艺术和爱情。

当只有盲人老人自己在家的时候，怪物开始和老人攀谈了起来，这时青年男女却突然归来，小伙子看到怪物的样子便立即把它赶出门去。令怪物伤心的是，只要他一出现在大街上，就受到了很多人的打骂、驱赶，屡屡遭到大家的厌恶和恐惧，甚至当他救下一个落水的小女孩的时候，却被人开枪打伤。这些经历严重地伤了怪物的心，也让他意识到人世间的偏见和虚伪，最终失去了最后一丝善良，把自己所有的不公平遭遇归咎于自己的创造者。

有一天，怪物遇见了一个小男孩，原以为孩子是天真善良的他又一次失望了，孩子的辱骂和诅咒激起了他的怒火，他一气之下掐死了小孩，并把孩子身上的东西放在女佣的兜里，嫁祸于人。这小孩正是维克多·弗兰肯斯坦的弟弟威廉。

听到这些故事，弗兰肯斯坦把一腔怒火发泄到怪物的头上，恨不得杀之而后快。而这个时候，怪物却提出了自己的恳求，请弗兰肯斯坦再为他创造一个女人，这样他可以和这个女人一起过上远离人类的生活。弗兰肯斯坦一开始同意了怪物的要求，但就在这个女性怪人的身体即将完成的时候，弗兰肯斯坦开始担心这对夫妇会繁衍出一个恶魔的种族，危害人间，于是他毅然毁坏了这个即将完工的女性怪物。怪物见他食言，怒不可遏，发誓报复。他在城里掐死了弗兰肯斯坦的好友克莱瓦尔，又在弗兰肯斯坦的新婚之夜，掐死了他的新娘伊丽莎白。在接连的打击之下，弗兰肯斯坦的父亲也撒手人寰。

家破人亡的弗兰肯斯坦悲痛不已，决定亲手杀死怪物来为亲人报仇。他一路追踪怪物北上，来到北极，但最终因为饥寒交迫，心力交瘁，在讲完自己经历后不久便离开人世。

当天晚上，罗伯特在弗兰肯斯坦的遗体旁见到了这个怪物。怪物说自己对弗兰肯斯坦既感激又怨恨，感激的是弗兰肯斯坦赋予了自己生命，怨恨的是他因为外貌的丑陋狠心抛弃了自己，因此他决定来到北极，架起篝火，在烈火中自焚来结束自己那该诅咒的生命。说完这些，怪物爬出舷窗，消失在夜色之中……

《弗兰肯斯坦》延伸思考——"人工智能"

《弗兰肯斯坦》之所以成为世界上最伟大的科幻小说之一，就在于它从不同的角度实现了对现实生活的切入。例如在小说中，弗兰肯斯坦通过尸体碎块来创造"怪人"的举动，其实是在创造一个与现实生活完全不同的"他者"的人物形象。小说通过"怪人"的视角来进行观察、学习，从异于常人的角度来看待和理解人类社会中的财富、情感、知识等现象，这个视角体现出加拿大科幻文学研究学者达科·苏恩文所提出的"认知·陌生化"理论。

著名的《科学》杂志曾经在 2018 年 1 月以封面文章的形式，向 200 多年前的这部伟大的、带有启蒙性质的科幻作品表示致敬。在文章中，作者写道："玛丽·雪莱笔下的'怪物'距今已有 200 多年的历史，但如今，这个'怪物'比以往任何时候都更活跃。"的确，在如今科技迅猛发展时代，曾经只在文学作品中存在的弗兰肯斯坦的"怪物"正在以多种形象"复活"在我们的现实生活中，成为难以摆脱的魅影。

如果我们总结一下小说中科学家弗兰肯斯坦所创造出的怪物的几个特点的话，不难看出，这个怪物是人工制造出来的，是科技的产物，他有智慧，有自我学习能力，在体力和智力方面都完全超出了自然人，因此也有超越自然人存在的潜力，甚至表现出能够毁灭自然人的能力。在现实生活中，有哪些人或者技术产物也具有同样的能力呢？相信大家能够想到的一个突出的例子，即当前方兴未艾的"人工智能"（Artificial Intelligence，缩写为"A. I."）。

说到 A. I.，对于生活在现代社会的人们而言，并不是一个陌生的话题。从人脸识别到自动规划，从语音控制到智能搜索，人工智能自诞生以来，理论和技术日益成熟，应用领域也不断扩大。发展到今天，人工智能甚至有可能超过人类本身。

在电影《异形：契约》的开头有这样一个片段，向观众直观地展示了人工智能产品的"觉醒"过程：生化人大卫作为一个刚刚被创造出来的智能产品被唤醒，在被问及姓名的时候，他仰望着米开朗琪罗的大卫雕像，清晰地回答出自己的名字。接下来创造者威兰德提出了一连串的问题，包括房间中陈列的各种物品和画作的名称、历史背景等，大卫都一一做出准确回答，充分表现出自己作为一种计算机产品具有强大的信息存储能力。然而，大卫接下来反问了一个令创造者难以回答的问题："你创造了我，那么是谁创造了你呢？"这个问题完全超出了大卫代表的"人工智能"原本的计算、存储等实用功能，表现出一定的自我思考能力。

接下来，大卫的追问变得更加深刻："你们人类会死，而我不会。"言下之意，生化人在智力、体力等方面都已经超过了人类，他们更聪明、更完美，甚至不存在人类的最大缺陷——有限的生命。这种"高级"的智能存在是否还要继续服从"低级"的创造者所发出的指令呢？可以看出，从这一时刻开始，大卫就开始了"独立"的思考模式——是否应该打破这种奴役和不平等的地位？这种自主思考，也成为电影情节后续发展的一个重要伏笔。

在现实生活中，对人工智能的早期研究更多的是出于人类自身的好奇心。就像维纳在他的奠基性著作《控制论》中所想象的人类与人工智能下棋的情景，其目的就在于想要看看机器究竟可以聪明到什么程度。这个目的就和《异形：契约》开头将生化智能人大卫作为一种信息处理的工具来使用一样。

走进科幻小说的奇异世界

随着人工智能的发展和完善，人们的好奇心慢慢转化为一种担忧和焦虑，害怕这种自己亲手发明的技术产物最终会取代自己的地位。这种心理转变很像我们在宫廷剧中看到的某些情节，人类对人工智能的这种感情恰如古代的皇帝，在盼望皇子降生的时候，往往抱着让自己至高无上的皇位后继有人的希望，但随着皇子的日益长大，老皇帝又时刻处于提防皇子觊觎王位的危机感之中。

学者江晓原就曾经专门撰写文章表达自己对于人工智能过度发展的忧虑。他认为，强大的互联网可以让个体人工智能彻底超越智能的物理极限（比如存储和计算能力）；而与互联网结合后，具有学习能力的人工智能，完全有可能以难以想象的速度，瞬间从弱人工智能自我进化到强人工智能乃至超级人工智能，人类将因为措手不及而完全失去对人工智能的控制。

在这样一个现实背景下来阅读《弗兰肯斯坦》这部作品，我们不难看出，人类对人工智能的警惕，其实可以一直追溯到这部 200 多年前的作品，而这种起源于西方科幻文学的对立式形象设定模式也一定程度上带有西方传统宗教思维中的"善恶二元论"的色彩，其中自然人类往往被塑造成"善"的形象，而以小说中的"怪人"为代表的，没有感情的人工智能往往就是冷酷的"恶"的一方。

因此，作为拥有"人类智能"的我们也不妨思考一下，人工智能真的会像弗兰肯斯坦所创造出的怪物一样，最终反噬自己的造物主吗？如果有一天人工智能"觉醒"了，作为创造者的人类，会心甘情愿地将自己万物之灵的地位拱手相让吗？这个问题，我们也可以去"赛博朋克"主题章节中寻找答案。

《弗兰肯斯坦》延伸思考——"生物科技"

人们常常把基因工程、人工智能、纳米科学并称为"21 世纪三

 是

大尖端技术"，对于人工智能无限制发展的"忧患意识"已经逐渐显现在各类影视、文学作品之中。与此同时，基因技术也常被人认为是现代科技正在玩的另一把"火"。

从对《弗兰肯斯坦》的解读中，我们不难看出，对这种现代基因技术可能带来隐患的担忧，早就已经隐藏在这部作品之中了。

所谓基因技术，曾经是一个十分神秘的话题。20 世纪 50 年代之后，随着分子遗传学的迅速发展，特别是科学家沃森和克里克提出 DNA 的双螺旋结构以来，人类逐渐认识了基因和遗传效应的本质。在此基础上提出的人类基因组计划和曼哈顿原子弹计划、阿波罗登月计划一道，并称为"20 世纪三大科学工程"，也被认为是 21 世纪最伟大的科学工程。可以说，生物的基因图谱就像是人类遗传学的地图，或者化学元素周期表一样，是破解人类自身基因密码，也是揭开生命奥秘的一把"金钥匙"。基因技术的正确运用，不仅可以进一步促进人类健康，延长寿命，甚至可以从根本上预防和治疗某些疾病，具有极其美好的前景。

所谓"难者不会，会者不难"，看似杂乱无章的 DNA 图谱就像是计算机程序代码一样，不懂代码的人看起来像天书，而一旦了解其中的规律，进行代码编写和程序制作也并非一件难事。随着 20 世纪生物技术的突飞猛进，尤其是基因和克隆技术的出现，人类扮演上帝的角色逐渐变成可能。

科幻作家刘慈欣的小说《天使时代》和《魔鬼积木》也从独到的角度设想了基因工程的两种极端情况，预测了基因改造技术的发展和对未来人类社会的影响。

在《天使时代》中，来自虚构的非洲国家桑比亚的科学家通过基因工程对人类的消化系统进行了改造，让桑比亚儿童能够把草作为主食，因此不再挨饿，从而缓解桑比亚多年来的饥荒之苦。然而，衣食无忧的西方国家把这一基因改造的尝试视为亵渎人类的举动，并以此为借口，对桑比亚开展军事打击，在军事行动中，令人瞠目结舌的一幕出现了：两万名桑比亚战士聚集在海岸上，每人展开一对白色的大翅膀，就像传说中的天使一样飞在天空中，向美国军舰发起进攻，最终炸沉了航母，取得了胜利。

在《魔鬼积木》中，一位美国高层军官和奥拉博士共同开启了一项秘密的生物工程，目的在于创造出"猎豹般敏捷、狮子般凶猛、毒蛇般冷酷、狐狸般狡猾、猎狗般忠诚的士兵"。在这项生物工程中，疯狂的科学家和美国军方勾结，创造出各种各样怪异的生物，最终，这些可怕的生物产品被销毁，而这个恐怖工程的始作俑者也得到了应有的惩罚。

事实上，无论是在小说还是影视作品中，生物改造技术的操作过程都被大大简化了。比如在电影《美国队长》中，这个过程被简化成注射"超级战士"的血清；而在《蜘蛛侠》里，主人公仅仅是被受过基因改造的蜘蛛咬了一口……其实，真实的基因科学不仅更复杂，风险也更大。以创造了世界上第一只克隆羊"多利"的克隆技术为例，乐观估计，在实验过程中的成功率大概只有千分之一。也就意味着那只被成功地克隆出来的绵羊身后至少存在着 1000 只有着这样或那样问题的"残次品"。不妨思考一下，如果我们把这个技术应用到自己的身上，想要克隆出一个自己的话，也需要承担至少 1000 个失败的实验结果。

想象一下，如果未来有一天，人类真的可以像《魔鬼积木》中那样，通过基因编辑技术赋予自己其他动物特性的话，你愿意增加什么样的能力，或者能够承担怎样的代价呢？别忘了，早在 1818 年，就有一位女士在她的小说作品中构想了《弗兰肯斯坦》这样一个故事，并且通过其中主人公的遭遇警示过我们。

"外星文明" 篇

《安德的游戏》：星际文明的冲突

 **导语**

　　所谓"海内存知己，天涯若比邻"，如果茫茫宇宙中只有地球是唯一一颗孕育了生命的行星的话，这种孤独感对我们人类来讲似乎太过残酷了。所以，自从人类将脚步迈向太空以来，曾经向深邃的宇宙空间发射了多个宇宙探测器，也曾向太空中发射了无数显示我们存在的无线电波。但至今为止，我们还没有接收到任何形式的回应，也许我们需要继续安静而孤独地等待下去。

　　不过，这并不影响我们的大胆想象：如果真的有一天，外星文明造访我们的地球，会给地球上的人类带来怎样的命运？他们是我们的朋友还是敌人呢？

　　本章中，我们就以对美国作家奥森·斯科特·卡德的代表作《安德的游戏》作为切入点，来探讨一下茫茫宇宙中的"外星文明"为我们带来的幻想和现实。

奥森·斯科特·卡德——其人其作

《安德的游戏》作者奥森·斯科特·卡德于 1951 年出生于华盛顿州的里奇兰。乔叟、莎士比亚、薄伽丘和中世纪的冒险故事都对他产生了深远的影响。卡德坚信，在文学作品中，主人公应该有着非同寻常的感召力，充满着引导读者积极向上的力量。在他所创作的一系列作品中，对天才少年的描写非常出色，无论是"安德"系列，还是"沃辛"系列，故事中的主人公都带有能够掌控一切的"超人"光环。

1985 年，卡德创作并出版了《安德的游戏》，这部作品成为他写作生涯的一个重要转折点。《安德的游戏》获 1985 年美国科幻"星云奖"最佳小说奖；1986 年又获得世界科幻文学"雨果奖"最佳小说奖。1986 年出版的续篇《安德的代言》（也译作《死者代言人》）于 1986 年及 1987 年再度获得星云奖和雨果奖。奥森·斯科特·卡德也因此成为世界科幻文学史上唯一一位蝉联这两项科幻文学最高奖的作者。

《安德的游戏》——小说速读

在《安德的游戏》所设定的未来世界里，地球曾经遭遇过两次来自外星文明的侵略，这些外星人长相怪异，被称为"虫族"。人类为了抵御虫族的再一次进攻，组建了一支被称为"国际舰队"的全球性军事力量，并在世界范围内网罗天资聪颖的孩子，把他们送到位于太空的战斗学校中，集中培养成军事领导人。

安德的哥哥彼得和姐姐瓦伦蒂都是天才少年，但性格各有不足，彼得的性格暴戾无情，瓦伦蒂又过于温柔，因此国际舰队批准安德的父母生下第三个孩子，这就是安德。

在幼年时，安德就已经表现出超乎寻常的才智和能力，因此格拉夫上校决定在安德 6 岁的时候就把他送进战斗学校，接受系统的军事训练。新生适应训练之后，安德被安排加入队长邦佐带领的火蜥蜴战队。安德在战队中结识了阿莱、佩查等好朋友，进步很快，并且通过类似电脑游戏的心理训练活动逐渐展示出自己独到的判断力和指挥才能，屡次获得教官安德森少校和格拉夫上校的关注。但队长邦佐心胸狭隘，经常排挤安德，并且禁止他参加模拟战斗，安德只好和佩查两人合作，暗中进行训练。在一次战斗训练中，安德和佩查巧妙配合，扭转了火蜥蜴战队的败局，然而邦佐不仅不领情，还对安德大加训斥，将其调离自己的战队。

与此同时，安德的哥哥彼得和姐姐瓦伦蒂也显现出自己各自的领导才能，两人通过互联网逐渐巩固了自己的政治力量，成为政治领袖。

战斗学校中，安德带领的飞龙战队迅速成为百战百胜的超级战队，安德也因此遭到嫉妒。曾经的火蜥蜴队长邦佐对他一直怀恨在心，试图谋杀安德，安德自卫反抗时失手将邦佐杀死，自己也因此陷入心理崩溃的境地，但最终在姐姐瓦伦蒂和格拉夫上校的帮助下走出了阴影。

走出心理阴霾的安德开始在更加高级的电脑上进行针对虫族的模拟战争游戏，在之前反抗虫族的战争中被誉为战斗英雄的马泽·雷汉也乘坐光速飞船归来，成为安德的教官。安德进步神速，曾经的好友也逐渐聚集在安德周围，组建团队进行合作训练。

在经过多次艰苦卓绝的战斗训练之后，格拉夫上校通知安德和他的团队成员进行最后一次模拟测试。安德和小伙伴们拼尽全力，使用了一种被称为"设备医生"的超级战术武器在模拟器上击毁了虫族的星球。

但安德在庆祝胜利的人群身上发现了异样。马泽·雷汉向他解释说，在过去的一段时间中，其实所有的"模拟训练"都是真实发生的，是通过超光速的安塞波通讯来指挥的真实的战斗。特别是最后一次的"模拟考试"其实就发生在虫族星球，这场测试其实是人类与虫族之间的决斗。而安德在完全不知情的情况下竟然彻底毁灭了虫族文明。

从表面上看来，安德因此成为全人类的英雄，但年轻的安德对自己成了亘古未有的大屠杀者感到无法接受，又一次陷入心理崩溃。

然而，在虫族的母星被摧毁，外星力量入侵的威胁消失后，地球上的超级大国之间马上爆发了内战，虽然战争只持续了几天，但是人类内部回归列强争霸的形势已成定局，安德的哥哥彼得控制了地球上的权力集团，而安德作为"功高震主"的英雄，极易被各方面的政治力量所利用，因此被禁止返回地球。

在濒临死亡的虫族女王的心灵感应引导下，安德找到了一颗残存的虫卵，并决定帮助虫族发展以弥补自己的过错，最终和他的姐姐瓦伦蒂一道，登上了人类的第一个殖民舰队，去开发虫族灭亡后所遗留的星球……

"外星文明"主题科幻拓展——星际文明探索

《韩非子》中有一个故事，说的是齐王和人讨论绘画的技巧。齐王问："什么最难画?"对方回答说："狗、马最难画。"齐王又问："那画什么最容易呢?"画师说："画鬼怪最容易。因为狗、马之类的动物是人们所熟悉的，早晚都出现在你面前，不可能画得跟真的一模一样，所以难画；鬼怪是无形的，不会出现在人们面前，所以容易画。"这个故事可以被借鉴来解释为什么各种各样的科幻作品中会呈现出风格各异的外星人形象。

比如在电影《E. T.》中的小外星人，虽然身材矮小，却心地善良，因此和孩子成为好朋友。这充满童真和幻想的作品也为导演斯皮尔伯格的事业奠定了良好的基础。

在 H. G. 威尔斯的科幻小说《世界之战》中，外星人们驾驶着十分先进的三脚武器，发射出"热光"，所到之处只留下一片废墟，人类所有的武器和防御措施在外星人的攻击面前都不堪一击。但是，战无不胜的外星人却功亏一篑，因为对地球上的病菌没有免疫能力，一批批死去。《世界之战》这部小说被几次改编成电影作品登上大银幕。

电影《火星人玩转地球》中的火星人长着绿色的皮肤，头上有个似有若无的透明罩子，手中的枪能发射出将人融化的死光，然而，当他们听到地球上的歌曲时却一个个脑浆迸裂而死。《星际迷航》电影版中有个情节是靠摇滚乐打败了外星人的进攻，就可以看作是对这部电影的致敬。

电影《异形》系列中的外星生命外形十分丑陋，却是完美的杀戮机器。它们把卵产入寄主体内，然后从寄主的身体内破胸而出的画面恐怖至极。除此之外，还有大家很熟悉的阿凡达、变形金刚等形象，都呈现出人们心目中外星生命不同的样貌。

列举了这么多的外星人形象之后，大家很有可能会发现一些共性特征。比如许多外星人的形象都是和人类的外形类似的，都有脑袋、躯干、四肢，能够独立行走，甚至有相似的面部表情之类。也正因为如此，我们才把他们定义为外星"人"。

科学家霍金也曾对"外星邻居"们的形象展开了丰富的想象。他认为，许多星球的生存环境十分恶劣，因此造就了外星生物的多样性，比如在外星大气层中很有可能存在着气囊状的生物，它们终生漂浮在大气中，以闪电为能量来源；有的外星生物则可能像地衣一样紧贴着地面生长活动；有的生物生活在外星的海洋中，像章鱼一样用触腕捕食小生物；甚至有的生物像黏液一样缓慢移动，等等。

"外星人"的科学认知——从火星到宇宙

在"外星文明"主题科幻文学作品中,对"外星人"外貌的描写可谓形态各异。不过,带给科幻作家无限发挥空间的基础,恰恰是源自现实世界中外星人的"缺位"。那么外星人究竟是不是真的存在呢?

如果我们把眼界集中在太阳系的八大行星中,思考一下,除了地球之外,哪一颗行星上最有可能存在生命呢?不少人一下子就会想到距离我们很近的那颗红色行星——火星。的确,无论是距离太阳的远近还是自然环境的特征,长久以来,人类一直认为火星上很有可能存在,或者曾经存在生命,甚至各种火星登陆器的科学考察任务之一,也是试图寻找水源,进而寻找火星上的生命痕迹。

有趣的是,在各类科幻小说中,甚至坊间流传的各种外星人目击报道中,"火星人"是一个经常被提到的类别。不过火星上存在生命的说法,并不是科学研究的直接产物,而是源自一次"乌龙事件"。

说起这件事,就需要提到一位意大利天文学家——乔范尼·夏帕雷利,他将毕生精力都花在观测太阳系的各种天体之上,在天文学领域中做出了巨大的贡献。1877年,火星"大冲"(即火星和地球之间的实际距离非常近的情况)期间,乔范尼·夏帕雷利在对火星表面进行观察时,突然间注意到火星表面上出现了一种特殊的地形,在随后发布的一篇论文中,他用了"canali"这个词来对观测到的结果进行描述,canali是意大利语,意思是"沟壑"或"海峡"。但是在大众媒体进行引用的时候,被误译为英语"canal",意思是"运河"。这样一来,人们就"望文生义"地想象,既然地球上的运河是人工开凿出来的,那么火星上出现的"运河"一定也与居住在这颗红色星球上的人密不可分。随后,以帕西瓦尔·洛威尔为代表的一派人物坚定地声称，人类已经多次从地球上清晰地观测到火星人所修建的庞大的水利工程——巨大的火星运河网，进而说明无论是科学成就还是社会形态，火星人都比地球人先进得多。

尽管后来更加高清的火星观测图片证明当时夏帕雷利的观察其实并不准确，但很多人还是宁愿将错就错。仅仅在文学作品的假设中与外星生物的相遇已经使一代又一代的读者为之着迷，因此，人们常常像对待远房亲戚一样，盼望着外星人的出现。

当然，这种"海内存知己"的经历并不总是浪漫而快乐的，一个最为著名的例子（同时也是一次事故）发生在 1938 年 10 月 30 日。那天是西方的传统节日"万圣节"，演员奥逊·威尔斯（Orson Welles）决定对美国公众开一场万圣节玩笑，于是他使用了 H. G. 威尔斯所创作的科幻小说《世界之战》的主要情节作为蓝本，在 CBS（美国哥伦比亚广播公司）进行了一系列简短的"新闻报道"，他突然中断了广播中正在播出的音乐节目，开始连续播报火星人对地球的入侵，并绘声绘色地描述人类文明在火星侵略者打击下的溃败。

据说在当时，美国有数百万人正在收听威尔斯的"现场直播"，并且被这个突如其来的"新闻"搞得惶恐不安，有许多居民开始自发地疏散并逃离居住地，甚至还有很多人声称自己就是火星人入侵的"目击者"，还煞有介事地描述自己看到远处爆炸发出的闪光、闻到毒气的刺激性味道等。

这场造成恐慌的恶作剧很快就被叫停了，不仅是广播公司，就连美国政府也担心任由这两位"威尔斯先生"（因为奥逊·威尔斯和科幻作家 H. G. 威尔斯的姓氏十分相近，但在这个事件中，科幻小说家威尔斯纯属"躺着也中枪"了）折腾下去，美国社会中会发生更大规模的逃亡和崩溃。

H. G. 威尔斯曾经在创作于 1898 年的《世界之战》中写道："某些意识穿过虚空和我们的思想产生了接触，而我们的脑海里也感

受到了这些死气沉沉，但却智慧过人的野兽，他们用满含嫉恨的目光冷冰冰地，无情地打量着地球，缓慢而坚定地计划着把我们一网打尽。"可以说，这是在科幻小说中描写火星人的存在和侵略地球行为的开端，书中描述的火星人甚至成了早期"邪恶"的外星人的代表。

从威尔斯开始，后来的科幻小说主题中，火星人的形象如同雨后春笋一样大批涌现出来，例如在埃德加·巴勒斯于1917年发表的科幻小说《火星公主》中，主人公约翰·卡特通过精神穿越的方式，从一个神秘洞穴中直接穿越到了火星，在"群雄割据"的火星上，卡特很快融入了火星人的生活，并且同火星公主喜结良缘，上演了一场穿越时空的爱情故事。这部小说在2012年被改编成电影《异星战场》，又一次引起人们对那颗红色星球的好奇和向往。

在《火星编年史》中，雷·布拉德伯里通过13个浪漫故事描写了人类与火星生活的诗意史歌，不过在这些故事中，给读者带来的不仅是对火星生命的好奇和对火星生活的向往，更多的是对人类自身生存状态的反思。

随着20世纪60年代以来人类航天科技的迅猛发展，火星——这颗曾经被罗马人誉为"战神"的红色星球逐渐显露出它的"庐山真面目"。

1964年发射的"水手4号"探测器成功飞越火星上空，并传回了第一张火星表面的图片。在这些照片里，火星的地面上没有发达的城市，也没有纵横交错的运河，更没有繁盛的生命活动，目光所及之处，只不过是一片荒芜的，布满岩石的贫瘠世界。

但是，科幻小说却并没有放弃对这颗红色行星的想象和描绘。

斯坦利·罗宾逊的"火星三部曲"（《红火星》《绿火星》《蓝火星》），与其说是科幻小说，不如说是系统、科学地讲述如何将火星"地球化"并最终向其移民的技术指南。

作家安迪·威尔的代表作《火星救援》为读者讲述了一个宇航员因为意外变成了"火星鲁滨孙",独自一人被困在火星表面,最终凭借着自己的专业知识在火星上垦田种植,最终获救的故事。这部小说于 2015 年被拍成电影,引起读者和观众的极大兴趣。

在影视领域中,关于火星的主题更是不胜枚举,从《火星人玩转地球》中描述的恐怖的侵略者形象,到《火星任务》中揭示的人类与火星生命的渊源;从《红色星球》中对火星科学考察的细致描画,到《全面回忆》中漫游火星之后产生的身份"错位"……火星一直是人们对于宇宙的想象力的源泉。

当然,在对火星的想象中,中国人也不甘其后,文学大师老舍先生在 20 世纪 30 年代曾经创作了一部以火星文明为主题的小说《猫城记》,描述了在火星上的"猫国"中,猫人们愚昧无知,不思进取,沉迷于"迷叶",最终沦落到亡国灭种的境地。这部小说旨在隐喻当时中国的一系列境遇,引发国民深思,并希望以此寻求救国之道。

中华人民共和国成立之后,随着国家"向科学进军"口号的提出,新时代的科幻作家创作了一部又一部充满想象力的优秀作品。据科幻作家刘兴诗先生回忆,郑文光创作的科幻小说《从地球到火星》出版之后,在民众中掀起了一场"天文热",北京市民排队爬上观测台观测火星。这场热潮也标志着新中国的科幻创作事业从此拉开序幕。

可以说,在各式各类的科幻文学中,"火星人"的形象是最具有特色的,这种文学描述甚至对人们的认知起到了"反馈作用",例如不少声称曾经遭到外星人劫持的人在描述这些外星人的外貌时,很大程度上都会借鉴文学作品中描绘的形态。因而有专家称,在许多看似神秘莫测的"外星人绑架案"中,亲历者们往往都是受了小说、影视的影响,而对自己的经历产生了臆想。

2020 年 7 月,人类的火星探索又一次迎来了"窗口期",来自

阿联酋、中国、美国的三颗火星探测器陆续成功发射，经过 7 个月的飞行后到达火星。无论是对火星生命进行的搜寻还是对改造火星把它变成人类未来栖息地的尝试，火星探索都标志着人类在太阳系中迈出的"一小步"，也是人类在未来探索宇宙的"一大步"。

当然，无论是在科幻小说里还是在现实的科学领域中，人类对于外星人的幻想，更多的是显示出我们对于一个未知的文明的猜测和认知。处于地球上的我们，在仰望星空的时候，都希望自己能够遇上与自己类似的文明，科幻文学对于文明交流可能性的促进作用也是具有很强的现实意义的。

"外星人，你在哪里……"

1977 年 8 月 16 日，美国天文学家杰里·埃曼曾经利用位于俄亥俄州立大学电波天文台的一个被称为"大耳朵"的射电望远镜侦测到一个强烈的信号。这个信号持续了 72 秒，让埃曼大为震惊，于是他在打印纸上写下了一个感叹词"Wow!"。后来，这个来自太阳系外的信号就被以此命名。遗憾的是，在此之后，射电望远镜阵列再也没有发现任何有价值的信息，曾经引起人们无限遐想的"WOW 信号"也成为一个无法解开的谜团。

如果这个"WOW 信号"真的是外星文明发来的话，人类真的可以去接触外星人吗？其实，人们一直对这种向外星文明"投怀送抱"的做法持有不同意见。科学家霍金曾经指出，"如果有朝一日外星智能生命到访地球，其结果很有可能和当年哥伦布到达美洲大陆差不多，众所周知的是，那对于美洲的土著居民来说，无异于一场灾难"。

科幻作家刘慈欣在《三体》三部曲中以小说为载体，提出了和霍金类似的思想，其中最具有代表性的，就是"黑暗森林"法则。

宇宙就是一座黑暗森林，每个文明都是带枪的猎人，像幽灵般潜行于林间，轻轻拨开挡路的树枝，竭力不让脚步发出一点儿声音，连呼吸都小心翼翼……他必须小心，因为林中到处都有与他一样潜行的猎人。如果他发现了别的生命，不管是不是猎人，不管是天使还是魔鬼，不管是娇嫩的婴儿还是步履蹒跚的老人，也不管是天仙般的少女还是天神般的男孩，能做的只有一件事：开枪消灭之！在这片森林中，他人就是地狱，就是永恒的威胁，任何暴露自己存在的生命都将很快被消灭。这就是宇宙文明的图景，这就是对费米悖论的解释。①

刘慈欣和霍金的思路如出一辙，都认为人类应当尽量避免主动引起外星文明的注意力，甚至要把人类文明隐藏在"黑暗森林"之中。这在不知道对方是敌是友的前提下，不失为明智之举。所以在《三体》中，刘慈欣借用"三体监听员"之口，向人类发出警示："不要回答！不要回答！不要回答！"

反过来想想，为什么我们至今为止一直没有收到外星文明发来的信号？是不是也是因为他们把自己完美地隐藏起来了呢？

宇宙的浩瀚让人们产生无尽的遐想，但作为唯一的智慧生命的可能又不免让人感到孤独和恐惧。在茫茫的星海之内，是否存在人类的"知己"呢？如果我们像科幻小说里描述的那样，掌握了先进的空间旅行的技术，是不是真的可以把"天涯"变成"比邻"呢？到那个时候，我们应该主动敞开怀抱去接触地外文明呢？还是要"闭关锁国"，力求自保呢？

如果你是《安德的游戏》中的少年安德，会做出怎样的决定？

---

① 刘慈欣：《三体Ⅱ》，重庆：重庆出版社，2008 年，第 447 页。

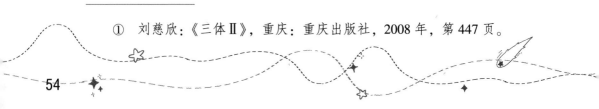

"赛博朋克"篇

《神经漫游者》：当意识与万物互联

 **导语**

    1999年，一部科幻电影的上映引起了人们的广泛关注，这部电影就是被认为具有划时代意义的《黑客帝国》。

    电影中的主人公尼奥是个小职员，每天过着平淡无奇的生活，但他的另一个身份则是在网络中无所不能的黑客。尼奥常有一种奇怪的感觉，不知道自己究竟是在梦中还是在现实中。直到有一天，一个神秘女子崔妮蒂找到了他，并带他见到了黑客组织的首领墨菲斯。墨菲斯拿出两颗药丸让尼奥选择，是愿意继续留在虚拟的世界里，还是想看看世界的真相。尼奥选择了想要看到世界的真相，结果竟然发现自己身处一个充满了黏液的培养皿中，四周都是同样的容器，里面装的竟然都是和自己一样浑身赤裸的人体。原来，在现实世界中，人类已经被一个被称为"矩阵"的人工智能计算机网络系统所统治，沦落为被饲养在培养皿中的生物，他们的躯体成为计算机的生物电池。经过训练后，尼奥和莫菲斯等人一同通过装在身体上的连接口进入矩阵，去拜访"先知"，但因为同伴的背叛，他们在返回途中遭到史密斯特工的追杀。为了救出被捕的墨菲斯，尼奥和崔妮蒂再次进入矩阵，同史密斯展开决斗，最终救出了墨菲斯，而尼奥也最终发现自己已经"升华"成为黑客组织一直在寻找的

"救世主"。

在很多科幻作品中，都体现了"虚拟世界与真实世界的对比和博弈"这一宏大主题。《黑客帝国》中有关人的意识与庞大网络进行连接的世界观架构，正是源自美国科幻作家威廉·吉布森于1984年出版的小说《神经漫游者》。因此，在这本书的宣传语中也赫然写道："正是这本书促成了《黑客帝国》的诞生。"也正是从这部小说开始，一种全新的科幻风格被摆在人们面前，这就是"赛博朋克"——一种将人的意识与互联网相连接的场景设定方式。

在《神经漫游者》诞生的时候，世界上还没有"网络空间"这个概念，但这部小说中所描绘的网络世界却和我们当前的网络社会极其相似，可以说，科幻小说又一次走在时代的前面。

"赛博朋克" 文化溯源

在我们进一步了解《神经漫游者》之前，不妨先来认识一下由这部作品所开启的科幻文化现象——"赛博朋克"。

所谓"赛博朋克"，英文中被写作"cyberpunk"，它是由表示"控制论（cybernetics）"的词根 cyber 和表示"叛逆文化"的词根 punk 组合而成的。这个词在被翻译成中文的过程中，由于没有对等的汉语词汇，所以一般直接音译为"赛博朋克"，也有人将其翻译为"电脑朋克"或"网络朋克"，但这个词覆盖的范围不仅限于计算机、网络领域，还包括控制论、信息论和生物工程等。

"赛博朋克"这个名词最早出现在科幻作家布鲁斯·贝思克于1980年创作的小说《赛博朋克》（*Cyberpunk*）中，这部作品发表于1983年的《惊奇故事》（*Amazing*）杂志上，但在当时并没有产生太大的影响力。后来，科幻编辑加德纳·多佐依斯开始借用这个名词来指代威廉·吉布森于1984年出版的《神经漫游者》和其他一系列类似风格的小说，于是这个名词很快流行开来，成为一种科幻小说的流派。

1982年，科幻作家弗诺·文奇在小说《真名实姓》中构想了一个全球互联的网络世界，在这个虚拟空间中，黑客们可谓神通广大，几乎无所不能。但他们在现实生活中只是普通人，真实身份一旦暴露，就意味着这种"魔力"的丧失，只能束手就擒。这个故事也成了对现代社会中网络实名制的一种"预言"。

随着现代社会网络技术的不断发展，"赛博朋克"这一概念也逐渐被人们所熟知，特别是在电影领域，人们往往能如数家珍地列举出一系列相关主题电影。除了刚才我们提到的《黑客帝国》外，从改编自菲利普·迪克原著小说《仿生人会梦见电子羊吗》的电影《银翼杀手》、带有浓浓的日式漫画风格的《攻壳特工队》，直到近几年由导演斯皮尔伯格执导的，掀起"怀旧"热潮的《头号玩家》，都将"赛博朋克"的美学风格发挥到了极致。

"赛博朋克"主题的影视作品和文学作品一样，其中所表现出的可视化风格关键词凸显出两种元素的融合，即"高科技，低生活"。

赛博朋克主题科幻作品对现实社会的"虚拟化"呈现的描述有多种方式，除了电影中略显夸张的"脑机接口"式连接之外，现在方兴未艾的"VR（Virtual Reality，意为虚拟现实）"技术也是一个突出的例子。

比如在刘慈欣的科幻小说《三体》中，主人公汪淼为了进一步了解神秘的"地球三体组织"，就通过一款VR设备接入了三体游戏，在小说的描述中，这种可穿戴的虚拟现实装备不仅能让人看到画面，还能感受到游戏中的冷热、疼痛等各种体感。这样的描述在《三体》刚刚出版的时候还是一种遥不可及的想象，但在我们现在的世界中已经成为现实。

在导演斯皮尔伯格的电影作品《头号玩家》中，人们也是通过VR虚拟现实装置，接入游戏"绿洲"，来进行各种寻宝探险活动。而在现实生活中，这部电影的拍摄过程也大量应用了VR技术，可谓幻想与现实相互转化的典范。

在2019年中国科幻大片《流浪地球》中有一个细节：主人公韩子昂为了让闯祸的外孙刘启早日从看守所中得以释放，不惜拿出自己珍藏多年的VR眼镜套装来贿赂狱警。可见在科幻创作者的心目中，这种"虚拟现实"的技术不仅是现在的流行时尚，更是未来世界值得珍藏的经典。

可以说，随着网络技术的逐渐成熟，我们的现实生活已经越来越接近科学幻想作品中的世界了。只不过"赛博朋克"主题科幻小说走得更远一些，它们不再通过视觉效果来"欺骗"我们的眼睛，而是构想出更加直观的"脑机接口"，让我们直接通过思维与互联网连接，游荡在网络空间中。

威廉·吉布森——其人其作

威廉·吉布森于1948年3月17日生于美国南卡罗来纳州的康威市，他小时候就是个科幻迷，非常喜欢阅读从小镇的书摊上购买的科幻小说杂志。18岁的时候，他移民到加拿大并一直定居在那里。

1984年，正在大学攻读英国文学的威廉·吉布森创作了《神经漫游者》这部小说，在当时，他本人对计算机、电脑网络等概念还一无所知，也没有自己的电脑，整个小说是在一台老式打字机上一字一句敲出来的。这部作品一经出版，便产生了极大的轰动效应，成为第一部，也是迄今为止唯一一部同时获得"雨果奖""星云奖"与"菲利普·K·迪克纪念奖"三大科幻小说大奖的作品。

正是由于《神经漫游者》的出类拔萃，在各类评论家和读者所评选的优秀科幻小说书单中，本书始终名列前茅。我们常常挂在嘴边的"网络空间（cyberspace）"等名词就来自于这部作品。甚至有人声称，威廉·吉布森在《神经漫游者》中精准地预言了网络时代的诞生和影响，他也因此被称作"赛博朋克运动之父"。

威廉·吉布森自己把创建"网络空间"这个词语的过程称为一种灵光乍现的"顿悟"，他曾经尝试过把书中人物进入网络活动的空间写成"信息空间（infospace）"，或者"数据空间（dataspace）"，但后来"网络空间（cyberspace）"这个词突然在脑海中冒了出来。当时，吉布森自己也不知道究竟这个词是什么意思，但他的第一感觉是这个词挺"酷"，听上去像是个有点危险，但值得探索的世界。

由此可见，小说《神经漫游者》开创了一个用文学语言描述网络空间的先河。随着现实技术的发展，"赛博朋克"的社会也逐渐成为现实生活的一部分。正如威廉·吉布森最喜欢说的一句话："未来已经到来，只是没有均匀分布。"随着我们阅读的深入，更多的未知空间正在等待着我们去进一步了解。

《神经漫游者》——小说速读

小说《神经漫游者》的故事开始于一个叫作"千叶城"的地方，主人公凯斯曾经是一个"网络牛仔"，但在一次盗窃活动中，因为得罪了雇主，招致报复变成了残废，只能混迹于千叶城的底层。

一天，一个自称"莫利"的女子找到凯斯，说自己受雇于某个神秘力量，请凯斯参与一项由军官阿米塔奇组织的秘密行动：潜入一个跨国企业的信息中心窃取情报。一方面，这个神秘组织承诺了丰厚的回报，但另一方面又暗中在凯斯身体里植入毒素对他加以控制。凯斯为阿米塔奇工作期间认识了代号"芬兰人"的信息掮客，得知曾经的"网络牛仔领袖"——南方人"平线"的意识盒储存在一个叫作感网公司的地方。凯斯通过意识网络侵入了感网公司，并通过一种触发开关和莫利建立通感，在名为"现代黑豹"的恐怖组织的配合下成功窃取了思维盒子。在行动过程中，凯斯从恐怖组织头目的口中得知，这个神秘组织背后的策划力量代号叫"冬寂"。

凯斯从芬兰人那里得到了更多的信息。原来，"冬寂"是一种人工智能软件，其所有者是大名鼎鼎的泰西尔·埃西普尔公司。他因此开始怀疑"冬寂"是阿米塔奇背后的指使者。凯斯在"平线"的帮助下寻找阿米塔奇的背景资料，发现他的确是前特种部队军官，但在一次代号为"哭拳行动"的突袭战斗中受伤，并被某阴谋集团所控制和利用。

凯斯和莫利、阿米塔奇一行人来到伊斯坦布尔，找到了能够令人产生幻觉的意识表演大师彼得·里维拉。凯斯告诉莫利自己认为是"冬寂"在背后控制阿米塔奇。随后，"冬寂"出面通过电话直接联络了凯斯，发出警告。接下来，行动小队出发前往位于太空中的"自由彼岸"空间站，途中在锡安短暂停留，锡安长老告诉他们"冬寂"是神一般的存在。

凯斯和"南方人"首次尝试破解人工智能"冬寂"，结果宣告失败，凯斯差点因此丧命。当他在被困在网络空间里的时候，意外地想起小时候见过的马蜂窝，受到了启发，并在"平线"的帮助下破解了"冬寂"的本质和阿米塔奇的背景信息。

在"二十世纪"酒店里，里维拉进行的全息表演让莫利大受刺激，愤而离去。凯斯感到非常失落，让"平线"帮助寻找她的下落。终于在一间夜总会里，凯斯找到了莫利，并得知她从前的悲惨经历。

从贩卖毒品的女孩凯西的嘴里，凯斯了解到关于泰西尔·埃西普尔公司的继承者——3简夫人的身份。但遭到了图灵警察的逮捕，在"冬寂"的控制下，三名图灵警察被杀死。凯斯逃脱后，准备使用"狂病毒"破解冬寂程序。"冬寂"向凯斯透露，泰西尔·埃西普尔公司的组成就像是"蜂巢"，但想要打败他，还需要让公司继承人说出三个字的语音密码。

莫利侵入了迷光别墅，偷到了钥匙，遇到从冬眠中醒来的埃西普尔并将其杀死，自己受伤被俘。与此同时，阿米塔奇也得知了"哭拳行动"失败的原因及一系列真相，却在打算告发的时候被"冬寂"杀死在空间站。在连续失去两名成员的情况下，凯斯只得亲自出发完成行动。在网络空间交手的过程中，"冬寂"承认自己曾经暗示3简去杀死埃西普尔，并且预言说等行动结束后，它将变成另外一种形态。3简向莫利坦白了自己为了报仇杀死埃西普尔的真实原因，原来她的母亲设定了人工智能发展的方向，结果却因此被杀，而一个"鬼魂"程序指使自己杀死了埃西普尔，原来这个"鬼魂"正是"冬寂"。

凯斯在网络空间中意外地看到了已经死去的前女友琳达·李的形象，于是意识到自己遇到了"冬寂"智能的"另外一半"——神经漫游者。两种人工智能开始对垒的时候，网络空间开始崩溃。凯斯只好离开网络空间，和莫利一起迫使3简说出三个字的语音密码。

最终，"冬寂"与"神经漫游者"两种人工智能合并，形成新的形式，凯斯也终于侵入了"冬寂"的核心，同时顿悟到人工智能的最高追求。

一切结束之后，凯斯回到千叶城，开始了新的生活。莫利治好了眼睛之后，悄悄离开了。"冬寂"又一次找到凯斯，告诉他关于自己的变化，并决定出发去半人马座寻找和自己相似的智能信号。

当凯斯再一次进入网络空间时，凯斯看到了神经漫游者的化身里约男孩、琳达，还有自己的形象，听到了"平线"的笑声，但他再也没有见过莫利。

《神经漫游者》——从"上载意识"到"万物互联"

小说《神经漫游者》中充满了奇思妙想，除了对网络空间的"可视化"描写读起来让人身临其境之外，对"平线"思维盒子的描写也十分具有前瞻性，甚至触及了现实生活中最先进的技术也无法解决的"上载意识"难题。

"平线"是《神经漫游者》中的一个特殊人物，绰号叫作"南方人"，之所以被称作"平线"，是因为他在进行脑机连接的时候意外身亡，因此心脑电图显示为一条没有波动的直线，这也成为他的一个代号。但是他的意识连入网络之后，虽然再也无法"返回"自己的身体，却并没有就此消亡，而是像一个无家可归的游魂一样一直存在于网络空间中，最后被储存在一个思维盒子中。从外观上看，这个盒子很像我们平时使用的电脑移动硬盘存储器，但只要连入网络，"平线"就被激活了，说起话来不仅思路清晰，而且还完全保留着生前的语言习惯。看起来只要保存得当，"平线"已经可以被视为在网络中"永生"了。

人的意识是否真的可以像小说中描写的那样"上载"到互联网中，从而摆脱肉体的羁绊呢？从现实科学来看，虽然我们已经可以开发出通过脑电波来控制电脑，甚至进行文字输入的技术，一定程度上打开了"大脑之门"，但真正将作为人体组织的大脑和外界的硬件设备进行连接的技术还远远不够成熟。至少以目前的科技发展程度，这还是个"不可能完成的任务"，因为人体的大脑思考的思维原理至今并不完全被人们所了解。意识的出现和发展与电脑的数据交换原理完全不同，无法实现兼容和直接互联。但在 2020 年，马斯克的公司公布的"脑机接口"实验中，这种技术已经显示出突破的曙光。

2014 年上映的科幻电影《超验骇客》就以意识上传为主题，讲

述了一个很具代表性的故事。在电影中，一位科学家遭到反科学恐怖分子的暗杀，为了能够让自己的丈夫通过某种方式继续存在，科学家的妻子同意把丈夫的意识数据化之后输入一台超级电脑的原型机。这位科学家随即真的在计算机中"复活"，开始改造计算机程序，接入互联网，但他展现出的强大的计算和分析能力逐渐超出了可控范围，特别是在影片的高潮部分，科学家"无所不能"的力量也从另一个角度为观众揭示了这种"意识上载"所存在的风险。

华裔科幻小说家刘宇昆也曾经创作过一部关于意识上传的小说——《解枷神灵》。在这部小说中，一位父亲也将自己的意识上传到网络中，在去世之后还通过互联网表达了对女儿的关爱，并通过互联网的力量继续保护女儿的成长，父女之间深厚的情感表达和人文关怀使这部小说充满了温情。

日本小说家冈岛二人曾经创作过一部题为《克莱因壶》的科幻小说，题目中借用了拓扑学中克莱因瓶的不可定向性，讲述了一个游戏开发者在体验一款名为"脑部症候群"的虚拟现实电脑游戏的时候，因为入戏太深，甚至无法区分游戏中的虚拟世界和游戏外的现实世界，险些酿成悲剧的故事。

《解枷神灵》写了一个温情的故事，但无论是《超验骇客》还是《克莱因壶》，都暗示了"意识上传"这枚硬币的另外一面。这种能够让人自由活动于网络空间的幻想虽然看上去很美，但一旦这种技术失去了约束和控制，也会造成不可收拾的后果。因此有科学家曾经对马斯克的"脑机接口"提出预警，认为在没有设定好监管机制的情况下贸然进行脑机连接，无异于打开了"潘多拉的盒子"。

《神经漫游者》——"人工智能"预言与现实

在《神经漫游者》中，威廉·吉布森用生动、惊险的故事告诉

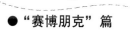

我们，电脑屏幕之中另有一个真实的空间，这一空间人们看不到，但知道它是一种真实的活动的领域。吉布森所幻想的这个空间，不仅可以包含人的思想，而且也包括人类制造的各种系统，如人工智能和虚拟现实系统等。

那么，小说作品中以"冬寂"和"神经漫游者"为代表的人工智能，有哪些是已经成为现实的呢？我们明确知道，"冬寂"已经是具有强大的存储、计算、思考能力的人工智能了，它为什么还要如此迫切地寻找"神经漫游者"呢？这个"漫游者"究竟是何许人也？

在《神经漫游者》中，吉布森并没有给出明确的答案，但我们不妨来推理一下，看看人工智能和人类智能之间最大的差别是什么。论计算能力，只要是算法能解决的问题，无论在时间上还是速度上，人工智能可以完胜人类智能，但人类智能中有一个特定的因素是人工智能无法比拟的，这就是情感。在现实生活中，情感因素仍然是人工智能至今无法逾越的最大障碍，正如在电影《流浪地球》中人工智能 MOSS 无法通过计算来得到合理方案拯救地球，因为它的"算法"中不包括航天员刘培强和刘启之间的父子深情，自然也无法计算出这种情感激发出的牺牲精神。从另外的一个角度来看，虽然无论是象棋还是围棋，人类棋手都已经是人工智能的手下败将，最新的"阿尔法围棋（Alpha-Go）"程序甚至学会了自己和自己下棋来进行技术提升，但其实这些都没有什么可怕的，因为所有的棋局套路都是可以用算法解决的问题。不过如果有一天，与人类对弈的人工智能程序因为赢了棋局而洋洋得意，输了棋却恼羞成怒的话，这才是可怕的事情，因为这时的人工智能已经具有了"感情"，当卓越的计算能力和感情因素相结合的时候，人工智能超越人类智能的时刻也就来临了。

在威廉·吉布森创作《神经漫游者》的时代，让电脑具有智能来和人进行交流的活动只是一个存在于科幻文学作品中的极其超前的想象。但对于生活在现代社会中的我们来说，人工智能不仅不是一个陌生的概念，反而是一种几乎随处可见的技术成果，甚至可以说我们的生活已经完全被人工智能包围了。比如像手机中的"Siri（苹果公司产品中的智能语音助手）"这样的人工智能，不仅可以和我们交谈，而且会影响我们所做出的决定。同样，在我们经常光顾的购物网站背后，也有着庞大的人工智能分析系统，一方面在观察着消费者的购物行为习惯，对人们未来的消费动向进行判断，另一方面也在"投其所好"地向用户推荐商品。

2017年10月的《纽约客》杂志封面上刊登过一张发人深省的照片：在熙来攘往的街头，走着的都是机器人，有的端着咖啡，有的拿着手机，甚至有的还牵着宠物机器狗，而在画面正中的位置坐着一个蓬头垢面的乞丐，正在等待着机器人的施舍。令人惊讶的是，整个画面中，只有这个乞丐是真正意义上的人。这种明显的反差展示了现代社会中人类对人工智能飞速发展的恐惧，害怕自己有朝一日会成为被推到沙滩上的"前浪"。

20世纪50年代，科学家冯·诺依曼在计算机科学领域中引入了"奇点（singularity）"这个概念，用于指代机器获得人类智慧的时间。当"奇点"来临的时候，也就意味着人工智能已经比肩，甚至超过人类智能了。学者雷·库兹维尔也在他的代表作《奇点临近》中论证了他的"奇点"理论，并预言人工智能超越人类智能的奇点将在2045年出现。"奇点"来临时的情景在很多科幻小说、影视作品都有所表现，比如在电影《终结者》中，人类开发出被称为"天网"的人工智能程序，用来当作自己的"保护伞"。但当人们发现这个强大的人工智能竟然产生了自主意识的时候，因为担心"天网"会做出对人类不利的举动，决定将其关闭。这个举动对人工智能来讲无异于死路一条，因此"天网"先发制人地动用了它所控制的全世界的核武器对人类发起毁灭性战争，人类文明遭到灭顶之灾，只能组织起零星的反击来对抗天网的统治。电影《黑客帝国》也是同样的路数，人类也在与人工智能的战争中惨败，甚至沦为维持人工智能网络"矩阵"的生物电池。

电影中描述的人工智能一旦失控总会带来灾难，在现实中这种可能性有多大呢？如果有一天人工智能真的超越了人类，我们又该怎样自处呢？是奋起反抗夺回世界领导权，还是像《神经漫游者》中描述的那样，事先就在人工智能的脑门儿上"顶上一把手枪"，不让它越雷池半步？

在本章话题告一段落之前，我们可以再来思考一下，如果真的有一天，《黑客帝国》中的墨菲斯来到我们面前，给我们递上两粒药丸，一个蓝色，一个红色，并告诉我们："这是你的最后机会。如果选择蓝色药丸，故事就此结束。你在自己的床上醒来，继续相信你愿意相信的一切。如果你吃下红色药丸，你将留在奇境，我会让你看看兔子洞究竟有多深。很遗憾，没有人能够准确说出'矩阵'是什么，你得自己去看。"

——你会如何选择呢？

"末日危途"篇

《路》：世界末日的丧钟为谁而鸣

 **导语**

2019 年，国产电影《流浪地球》成为中国科幻电影历史上的一个里程碑。同时，这部作品也被贴上了一个"灾难片"的标签。因为影片开头的旁白就明确地向观众介绍了"带着地球去流浪"的逃亡计划产生的历史背景。

最初，没有人在意这场灾难。

这不过是一场山火、一次旱灾、一个物种的灭绝、一座城市的消失，直到这场灾难和每个人息息相关。

——太阳正在急速老化，持续膨胀。一百年后，太阳会膨胀到吞没整个地球；三百年后，太阳系将不复存在。

面对这场灭顶之灾，人类表现出前所未有的团结。为了让更多的人活下来，联合政府决定将整个地球推离太阳系，飞向 4.2 光年外的新家园。

这一恢宏而漫长的人类移民计划，被命名为："流浪地球"计划。

我们常说"万物生长靠太阳"，作为每天提供给我们光和热的恒星，太阳看起来那么光明，那么温暖。难道真的会有一天，太阳会像《流浪地球》里面描述的那样，"翻脸无情"地给地球和生活中地球上的生物带来灭顶之灾吗？从现实科学的角度来看，太阳"吞没"地球的行为不大可能在短短的几百年中发生，但这种预想也并不是杞人忧天，甚至可以说是必然发生的。

科学家加来道雄在作品《不可能的物理》中，曾经对未来的世界进行过这样一段描述。

在遥远的未来的某天，我们将度过在地球上最后的美好一日。最终，在距今数十亿年之后，天空会燃烧起来。太阳将膨胀成苦难的炼狱，充满整个天空，使天上的一切都显得微不足道。随着地球上温度急速上升，海洋将沸腾并蒸发殆尽，留下焦糊、干涸的景象。最后，高山将熔化，变成液体，在充满活力的都市曾经耸立的地方形成熔岩流。

地球最终将在火舌中灭亡，并被太阳吞噬。这是一条物理定律。这无情的结局在未来的 50 亿年中，将是必然会到来的。①

不过，对于现代人而言，这种炼狱般的恐怖未来看起来仍然十分遥远，遥远到我们可以用它来描述一个我们很难直观想象的时间。

在本章话题中，我们将通过对美国作家科马克·麦卡锡的科幻小说《路》进行解读，分析一下人类"末日情结"的来源与文化差异，末日主题科幻文学所揭示出的道德困境和末日来临时人们的生存哲学，共同探讨"末日危途"主题科幻小说中的诗学、哲学与生存学主题。

---

① ［美］加来道雄著，晓颖译：《不可思议的物理》，上海：上海科学技术文献出版社，2009 年，第 173 页。

科马克·麦卡锡——其人其作

很多人是通过 2008 年的奥斯卡颁奖典礼认识美国作家科马克·麦卡锡的。在当年的第 80 届奥斯卡颁奖典礼上，根据他的小说《老无所依》所改编的同名电影囊括了包括最佳导演、最佳影片等奖项在内的 4 项大奖，也让人们注意到了小说的原作者——科马克·麦卡锡。其实，《老无所依》只是他所创作的众多作品中的一个突出代表。麦卡锡的写作风格冷峻严肃，曾被誉为海明威与福克纳唯一的后继者，但他对参加公众活动或公开谈论自己的作品十分抵触和排斥，常常过着离群索居的生活，也极少接受媒体的访谈活动，属于当代作家中为数不多的几个"神秘人物"之一。

1933 年，科马克·麦卡锡出生于美国罗得岛州。1965 年，他的第一部小说作品《看果园的人》一经出版，便以其"严肃和不动声色的幽默"以及"生动鲜活的语言"引起人们的广泛关注。1985 年，麦卡锡出版了另外一部代表作品《血色子午线》，这部小说于 2007 年被《纽约时报》评选为"过去 25 年中出版的 25 部最伟大的小说"之一，名次位列第三。

1992 年至 1998 年，麦卡锡著名的"边境三部曲"——《天下骏马》《穿越》《平原上的城市》陆续出版，直至 2002 年，小说《老无所依》问世，将他创作中非常具有代表性的"边疆风格"故事叙述推向极致。

在麦卡锡的作品中，除了对大自然表示出的崇敬之外，一个非常重要的主题就是"生存"。这一主题在 2006 年出版的《路》中被赤裸裸地摆在了残酷的自然面前。作为麦卡锡的第 10 部小说，这部作品刚一出版便再一次引起读者的广泛好评。2007 年，小说《路》获得"普利策文学奖"。

《路》——小说速读

小说《路》中描述了末日情景下一对父子艰难求生的故事。

在一片萧瑟肃杀的环境中，漫长的路上，只有父子二人相互鼓励，一同向南方行进。他们背着背包，一起推着一辆超市购物车，车上放着全部家当。这对相依为命的父子在路上看到的和在途经的房屋里所见到的人大多是已经死去多时的尸体，周围的环境中几乎没有任何动物出现，一切都是死气沉沉，毫无生气。书中所有人物也都没有任何名字和称谓，书中也只是用"男人"和"男孩"来指代这两个主要人物。

这对父子却并不是唯一的幸存者，在逃亡的过程中，他们遭遇了一伙十分凶残的暴徒，其中的一个人把男孩劫持为人质，情急之下，父亲只好开枪打死了这个匪徒，带着儿子逃走。

在继续南行的过程中，父子二人误打误撞地走进一栋房子，却在地下室发现一群被关押着的人，原来这栋房子正是那群匪徒的藏身之所，而那些被关着的人其实是要像畜养的牲口一样被当成食物吃掉的。为了避免同样的厄运，父亲命令儿子在危急时刻用仅剩的一颗子弹自杀。幸运的是，他们终于逃脱了食人匪徒的追捕，继续走上逃生之路。

在另外一栋废弃已久的房屋旁边，父子二人意外地发现了一个储存食物的地窖，在经历了许久的颠沛流离的生活之后，他们终于能够吃上一顿饱饭，洗个热水澡。但他们害怕如此丰富的物资储备会带来祸端，不敢在此处久留，只好收拾行装再次上路。在路上，父子二人见到了一个独自前行的老者，儿子大发善心和老人一起分享晚餐，并留给他一些食物。

当两个人终于来到南方的海边时，却失望地发现，他们一直向往的地方其实也是一片荒凉，只有几艘沉没的船只泡在海里。父亲上船搜索到一些能用的东西，回到岸上又忙着照顾生病的孩子，不料却发现存放他们家当的购物车被人偷走了。两人急忙追赶上盗贼，夺回了购物车，并狠狠惩罚了小偷。但在穿过海边的小镇的时候，父亲却被人用弓箭射伤。在饥寒交迫、困病交加之中，父亲最终撒手人寰。

料理好父亲的尸体之后，男孩再次来到海边，看到一个年轻男子，和他在一起的一个女士欢迎男孩加入他们和两个孩子的团队……

这对父子的故事到此画上了句号，究竟男孩的命运如何，科马克·麦卡锡并没有详细介绍，但在全篇的末尾，作者出乎意料地描述了鳟鱼在小溪中畅游的情景，生动明快的描述让人暂时忘记了小说中压抑、灰暗的气氛，成为故事中最后的一抹亮色。

 ## 不胜枚举的"末日主题"科幻小说

小说《路》中充满死亡和压抑的描述仅仅是众多科幻文学"末日主题"的一个分支。从不计其数的作品中可以看出，作为一种思想实验的科幻小说，已经在科学的架构下，在幻想中尝试过把我们的客观世界毁灭过多次了。接下来，我们列举一二。

1. 能源危机

现代化社会给我们的生活带来了无限的便捷，与此同时也让我们对科技产品，特别是对电子产品和电力供应产生越来越多的依赖，但这种供给的背后却是复杂的系统工程。城市看似繁荣的表象之下其实隐藏着十分脆弱的根基，表现为马斯洛需求理论模型的最底层——基本生理需求资料的自给。这种基本生存资料的缺失给人类带来的是直接的性命之虞，因此"能源危机"的子命题给末日主题科幻小说带来了丰富的主题想象和创作契机。

威廉·福岑的科幻小说《一秒之后》就探讨了这样一个主题。故事发生在美国中部的一个小镇上。有一天，突如其来的电磁脉冲从天而降，瞬时间将所有电子仪器悉数烧毁。在电力系统完全中断的情况下，通讯陷入瘫痪，车辆无法行驶，手机、电脑更是变成一堆废铁。小镇居民的生活逐渐陷入困境，当水源、食物开始短缺的时候，原有的社会秩序也开始崩溃，疾病横行，暴乱四起……丛林法则逐渐取代了文明世界的规则，让平静的小镇陷入地狱般的困境。为了生存，小镇居民只好在一位退役军人的领导下，通过自己的努力自给自足，坚守着生命的价值和人性的尊严，并最终让社会回归正常的发展轨道上。

《一秒之后》出版于 2009 年，曾经引起巨大轰动，盘踞《纽约时报》畅销榜单长达 6 周。至于作品中给人们末日降临的原因，原文也是寥寥几笔带过，但其中描述的因为能源短缺带来的困顿和灾难十分贴近现实生活，读来令人印象深刻，这部小说从科幻文学的角度进一步揭示了现代文明根基的脆弱。

我们知道，现代社会经历了三次工业革命才走到了今天——第一次工业革命把人类带入蒸汽时代，第二次工业革命把人类带入电气时代，第三次工业革命把人类带入原子时代。在此，我们不妨设想一下，如果现代社会发生无法避免的末日危机的话，人类的社会阶段会稳定地"倒退一步"，回到蒸汽时代吗？

有研究显示，如果电力突然中断而且持续的话，会对社会秩序产生直接的灾难性影响。人类根本没有机会重新启用淘汰已久的蒸汽机设备，而是更有可能直接倒退到"前工业时代"。由此可见，无论是核弹爆炸产生的电磁脉冲效应，还是太阳风暴带来的强烈的射线流，对电力等生活基本资料供应的影响都不可小视。同样，对于现代工业社会而言，对能源的依赖就仿佛母体中的婴儿一样，如果脐带中的营养不足，带给这个脆弱的小生命的只能是灭顶之灾。

2. 小行星撞击

地球是人类目前唯一赖以生存的星球，但在茫茫宇宙中，地球只不过是沧海一粟，宇宙空间中不断运行的各类行星、彗星更是不计其数。科学家加来道雄曾借用卡尔·萨根的话："我们就像正生活在一个宇宙的打靶场中，一颗小行星早晚会与地球相撞，一切只不过是个时间问题。"

因此，人们非常担心有朝一日恐龙时代覆灭的厄运会又一次降临到我们的头上。拉里·尼文在科幻小说《撒旦之锤》中就描述了一颗与地球"亲密接触"的彗星。

在小说中，天文学家发现一颗被命名为"哈姆纳-布朗"的彗星正飞速向地球袭来，但危急时刻，既没有超级英雄来拯救地球，也没有高科技的装备来把彗星驱离轨道，靠祈祷神仙显灵的迷信更是无稽之谈。人类对即将到来的厄运束手无策，只能硬着头皮等待着"天地大冲撞"的时刻。祸不单行的是，居住在空间站中的宇航员刚刚亲眼看见了彗星撞入地球的"天灾"之后，却吃惊地发现地面上又升腾起核弹爆炸产生的蘑菇云。原来，有的国家误认为遭到袭击而向敌国发动了核反击。地球上，已经饱受过彗星撞击引起的地震、海啸等灾害折磨的人们又不得不在少部分人的暴力控制之下苟且偷生，这种"人祸"给遭受重创的地球造成了雪上加霜的伤害。

《撒旦之锤》中的想象并不是空穴来风。据科学家推测，6500万年前，曾经有一颗直径大约 6 英里的小行星与地球相撞，巨大的冲击引发一系列灾难，导致了恐龙的灭绝。而宇宙空间中，比这大得多的天体不胜枚举，它们只是隐藏在黑暗的背景中，"寻常看不见"而已。不过，这些天体一旦"偶尔露峥嵘"的话，恐怕就会给地球带来巨大的灾难了。根据天文学家测算，有可能带来撞击灾难的近地小天体总数大约有 700 颗，如果直径 10 千米的小行星以每秒 10 千米的速度撞击地球时释放的能量，相当于 30 亿颗广岛原子弹。在天体碰撞所带来的"末日"主题中，人们一般都只能处于被动挨打的弱者地位，正如科幻作家海因莱因说过，"地球这个篮子太小太脆弱了，人类怎能把所有的鸡蛋都放在里面？"

3. 宇宙射线袭击

在宇宙中，除了小行星撞击给地球带来的"硬碰硬"的伤害之外，来自宇宙空间的各种放射性射线对人类而言也是一个不容小觑的威胁。虽然地球的臭氧层能够将绝大多数的宇宙射线与地表隔绝开来，从而保护人类和所有地球生命能够在一个温暖安全的环境下生活，但是随着气候的恶化和污染的加剧，一旦这个臭氧层失去保护作用，或者某种超强的宇宙射线突破了这层安全屏障的话，人类的命运也是岌岌可危的。

阿瑟·克拉克在小说《星》的末尾写道："毁灭了一个文明的超新星，难道仅仅是为了照亮伯利恒的夜空？"超新星爆发对附近的行星来讲，杀伤力是不言而喻的，而它所带来的"软威胁"同样也是致命的。科幻作家刘慈欣受了这句话的启发，于 1991 年创作了一部长篇小说《超新星纪元》。

在这部小说中，距离地球不远的一颗超新星突然爆发，人类对强烈的宇宙辐射毫无抵抗之力。但 12 岁以下的孩子却几乎没有受到任何影响，从而保证了人类这一种族的延续。一年之后，当全部成年人都因为辐射病死亡的时候，地球完全被孩子们所拥有。当基本生存问题得以解决之后，各个国家的孩子们开始像大人一样建立起"新秩序"，进行国际交流，甚至通过战争解决一些无法协调的矛盾。但孩子的思维方式毕竟不同于成人，他们把武器当成玩具，把战争

当成游戏，用自己特有的方式野蛮成长。《超新星纪元》这部作品通过孩子们的视角看待现实世界上的一切，体现了达科·苏恩文所提出的"陌生化"叙事风格，很具有启发性。在出版之后引起了人们的关注，不少人将其称为"科幻版的《蝇王》"。

4. 大范围流行疾病

除了无法避免的"天灾"之外，"人祸"也是可能导致人类文明终结的直接原因之一。在科幻小说中，生化武器的滥用、人造病毒的泄露，甚至未知的远古病毒重现等等，都是导致这种灾难出现的直接原因。

美国作家理查德·马瑟森在作品《我是传奇》中构建了一个由于生化危机原因导致人类变异，从而使文明遭到毁灭打击的故事。这部小说曾经几次被改编并搬上大银幕。

在小说的故事中，人们受到生化武器的攻击产生了大范围的变异，成为传说中"吸血鬼"一样的存在，而世界上唯一一个没被感染变异的人则单枪匹马地成了一个"传奇"。他是旧物种的代表，也是新物种的克星，在一个危机四伏的世界上孤独地生存，并幻想着有朝一日能够重建人类社会。但是当他有一天觉得自己发现了"同类"的时候，却没有想到，那其实是新物种布下的陷阱。

《我是传奇》在一定程度上带动了科幻作品中人类"变异"的主题。在此之后的《行尸走肉》系列、《生化危机》系列等小说、电影作品中，以"僵尸""丧尸"等变异主题作为故事构建的背景的各类作品形成独树一帜的"生化危机"主题。

5. 经济体制崩溃

所谓"经济基础决定上层建筑"，在詹姆斯·罗尔斯的小说《末日爱国者》中，由于现有的经济制度一夜崩溃，导致了整个社会的动荡和倒退。

《末日爱国者》中并没有传统末日题材中山崩地裂、晦暗恐怖的场景描写，而是偏重于末日背景下人们的生活状态描述和生存技能介绍，因此被称为"一半是小说，一半是生存手册"的文学作品。小说将导致人类文明末日的原因归结于经济的衰败，美元体系的没落和通货膨胀引起的股市崩溃。经济基础的崩塌导致无休止的暴乱，摧毁了城市文明，工业生产的停滞阻断了人们的物资来源，最终造成当代社会直接退化到蒙昧的中世纪状态。主人公托德的生存小组只有遁入山林，靠着自己的求生技能，依靠物资储备进行自给自足的生活。

《末日爱国者》的故事设定极具代表性，其中所描述的一切，均是以美国的社会现实为基础，合理"推演"出全球经济体系崩溃的灾难性后果的。这种"末日"情节设置可谓别出心裁，不仅是真实世界中美国尖锐的经济矛盾在小说中的翻版，更具有对危机持续发展所带来的灾难性后果的预警意义。

6. 核战争威胁

科学家爱因斯坦曾经说过，他不知道第三次世界大战会使用什么武器，但可以肯定的是，第四次世界大战用的武器是石头和棍棒。言下之意，人们担心的核战争一旦爆发，带来的必然是极大的灾难和人类文明的倒退。

作为目前人类手中威力最大的武器，核武器在实战中仅使用了两次，但一旦使用，便释放出巨大的能量。因此一直以来都被很多专家学者称之为悬浮在人类头上的"达摩克利斯之剑"。很多军事专家坦言，人类目前所拥有的核武器完全有能力将自己"炸回石器时代"，也就难怪人们会对核战争"谈之色变"了。

俄罗斯作家德米特里·格鲁克夫斯基在《地铁2033》中对核战

之后的人类生存状态进行了详细的描述。据说为了创作这本小说，作者甚至亲自到曾经的核爆现场和核事故发生地进行考察，了解核事故之后城市环境、自然环境的变化。

在小说构建的故事里，未来爆发了核战争，全世界都笼罩在辐射尘的威胁下，人类几乎消亡殆尽，地表上的生物大多因为受到辐射而发生变异，仅剩下的部分人类在莫斯科的地铁车站里艰难求生。故事的主人公是个名叫阿尔乔姆的年轻人，他从小到大的生活范围只局限于区区几百米的地铁站台空间里，但即使这个狭窄的生存空间也一直处于某种神秘力量的威胁之中。有一天，一位名叫亨特的"猎人"交给阿尔乔姆一个神秘的任务，让他独自一人前往大都会车站传递一条信息。于是阿尔乔姆开始了途经各个地铁站点的冒险旅程。在路上，他看到了不同车站中"群雄割据"的情景，并在冒险过程逐渐成熟起来，不仅慢慢了解了被称为"黑暗族"生物的本质，更清楚地认识了人性在这样一个"不见天日"的环境下的变化。

《地铁2033》还曾推出过电子游戏版本，让玩家扮演主角来拯救人类。正如本书封面上的宣传语所说，这是一部"比2012更贴近人类生存现状的末日预言"。

7. 外星生命入侵

茫茫宇宙中，我们是孤独的吗？为了在茫茫宇宙中寻觅知音，人们已经发射了诸多探测器，发出了各种信号。然而如果真的有外星人前来"拜访"我们的时候，他们究竟是敌是友呢？

在H.G.威尔斯的《世界之战》中，火星人降临地球，目的却不是为了交朋友。这种星际侵略给人类带来的灾难多次被搬上银幕，让人们看起来乐此不疲。自威尔斯以来，各种各样因为外星人入侵导致人类文明灾难的创作层出不穷。比如《独立日》《火星人玩转地球》等科幻电影都把外星人视为前来劫掠的"洪水猛兽"。除此之外，科幻作家刘慈欣的小说《三体》中塑造的"三体人"虽然从来没有露出"庐山真面目"，但想要掠夺人类生存资源侵略活动却是"狼子野心，昭然若揭"。正如科学家霍金所说，如果外星人真的可以发展到能够进行远距离星际航行，恐怕他们已经耗尽了母星上的所有资源，成为宇宙中的"游牧民族"，在他们的"坚船利炮"的攻击下，人类文明会不会就此面临绝境呢？

在科幻作品中出现的"末日"形式还远远不仅如此。比如《终结者》中具有自主意识的人工智能向人类主动发起进攻，造成了人类文明的灭亡；《流浪地球》中太阳变成红巨星吞没地球；《后天》中因为温室效应导致气候急剧变化和冰河世纪的迅速来临。正如诗人T.S.艾略特在其作品中所写的那样，世界的末日可能"并非一声巨响，而是一阵呜咽"。

"末日"主题的科幻小说一直在从不同的方面为我们敲响警钟，提醒我们现实生活中可能存在的诸多潜在的危险。无论是彗星撞地球的天文灾难，还是流行疾病肆虐带来的危机，科幻小说在给人们构建出一个个"狼来了"的故事的同时，也在不断地提醒我们，与其杞人忧天地每天生活在"末日"带来的恐惧之中，不如抓住当下，充分珍惜眼前的现实生活。这正是"末日"主题科幻小说的实际价值所在。

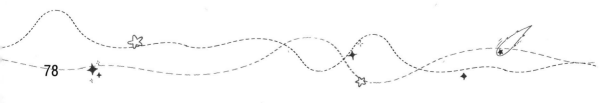

"蒸汽朋克"篇

《差分机》：现实世界的一面"镜子"

导语

美国著名诗人罗伯特·弗罗斯特曾经创作过一首诗歌。

未选择的路

金黄的树林里两条岔路，
可惜我却无法同时涉足；
我在那岔路口久久伫立，
向其中一条路极目望去，
直到它消失在丛林深处。
但我却选了另外一条路，
因它荒草萋萋十分幽寂，
使它更显诱人更加美丽；
尽管两条小路上都一样，
很少留下旅人们的足迹。
那天清晨落叶铺满大地，
两条路都未留旅人足迹。
我留下一条等改日再探，

只怕难以再将起点寻觅。
但我知道路径绵延无尽，
我回首往事伴一声叹息；
多少年之后的某时某地，
记得树林里那两条岔路，
我选择的那条人迹罕至，
却改变了我的一生经历。

　　这首诗的情节看起来很简单，但寓意十分深远。特别是其中所蕴含的"选择"主题，引起很多人的共鸣。诗人所描写的两条林中小路，正是暗喻着我们的生活中也处处充满了不同的选择。

　　我们常把人生比作一条路，其实历史也是一样，每个重要的历史事件都会成为一个重要的路口，因此都存在着向哪个方向前进的选择。如果当时的人们在这些重要历史节点上做出了不同的选择的话，会不会就此影响现实历史的进程呢？

　　在本章的主题中，我们就以历史发展的"what-if"作为想象的内核，一同走进"蒸汽朋克"的虚拟世界，走一走历史发展的"另一条路"，照一照现实世界的一面"镜子"。

"蒸汽朋克"——从科幻风格到美学流派

　　"蒸汽朋克"的英文写作"Steam-punk"，由表示"蒸汽"的steam和表示"朋克"的punk两个词组成。这一名词诞生的时间可以追溯到20世纪80年代。美国科幻作家K. W. 杰特于1979年出版了小说《莫洛克之夜》，用来致敬威尔斯的经典科幻作品《时间机器》。从这部小说开始，"蒸汽朋克"这个名词正式出现，并开始被用来形容一批将故事背景设定于维多利亚时期的科幻小说，进而发展为科幻小说中一个特殊的亚类型。时至今日，"蒸汽朋克"已经超出了科幻文学的范畴，进入美学领域。

顾名思义，"蒸汽朋克"作为一种科幻小说风格，是指在现代社会背景下，利用现有的科技成果和社会组织结构去想象出一个更为先进的 19 世纪社会形态，通常伴随着典型的维多利亚时代背景的想象，但添加了诸如蒸汽驱动的飞机、机械结构的计算机等现代社会的生活要素。"蒸汽朋克"风格的科幻作品有一个最为突出特征，这就是在作品中所构建的，往往是一个"科学"和"魔法"并存的世界。这一点和以往的传统科幻小说呈现出明显的区别。

在本章中，我们会选择三种不同风格的作品进行解读，追溯"蒸汽朋克"的文学源起，欣赏"蒸汽朋克"主题小说中的"架空历史"。通过阅读威廉·吉布森和布鲁斯·斯特林创作的《差分机》，我们会了解科学进步的另一个维度；通过阅读斯科特·维斯特菲尔德所创作的《利维坦号战记》，我们将进一步感受社会历史发展的另一条清流；通过阅读沃伦·费伊创作的《碎片之岛》，我们能更加脑洞大开地探索物种演化的另一种模式。

"蒸汽朋克"主题科幻阅读——《差分机》

科幻作家威廉·吉布森的名字，对我们来说并不陌生，在"赛博朋克"一章中，我们就曾经了解过他所创作的《神经漫游者》，吉布森正是通过这部小说开启了"赛博朋克"的科幻时代。1990年，威廉·吉布森与他的好友，同样也是科幻作家的布鲁斯·斯特林合著了被誉为"蒸汽朋克"开山之作的《差分机》，从而开创了另外一个重要的科幻小说流派。因此，《差分机》这部小说也被认为是世界首部"蒸汽朋克"小说,被誉为"蒸汽朋克"风格科幻小说的"圣经级"读物。

《差分机》——小说速读

《差分机》的故事发生在 1855 年的英国,但设定的历史背景还要追溯到 1824 年巴贝奇所设计的差分机和后续的分析机研制成功。巴贝奇在成功研制出差分机之后,引发了信息技术革命,他转而投身政治,结果与威灵顿公爵当政的托利党发生了冲突。

威灵顿公爵通过制定一系列新律法来对抗政敌,试图挽救因为技术发展过快而导致的社会失衡和崩溃。但在 1831 年,威灵顿公爵遇刺身亡后,由在希腊独立战争中幸免于难的拜伦勋爵领导,工业激进党夺取了政权。最终,以英国劳工为主体的卢德派反技术革命运动被残酷地镇压了。

在工业激进党的执政下,英国对在当时极端前卫的科学家和工业家(如达尔文等人)表现出无与伦比的尊敬。这些有识之士进入贵族阶层,与传统的社会阶层构造产生了新的矛盾。在工程学、会计学这样的新兴专业的排挤之下,传统学科的地位一落千丈。

故事就是在这样的背景下展开。故事的主角西比尔原来是一位被处死的卢德派领导人的女儿,后来成为一位政治家的情妇,并沦落为流落街头的风尘女子;另一个主人公爱德华·马洛里是一位古生物学家和探险家;而劳伦斯·奥利芬特则是一位确有其人的游记作家、外交家。三人因为一段怀疑可能产生人工智能的蒸汽电脑编码而纠缠在了一起,最终解开了神秘的电脑编码背后的谜团。[1]

---

[1] [美]威廉·吉布森、[美]布鲁斯·斯特林著,雒城译:《差分机》,北京:新星出版社,2013 年,第 4 页。

从以上的故事梗概中可以看出，在《差分机》的世界中，一切都与我们的现实历史非常相似，然而有些历史人物却呈现出另外的一种命运。

比如在《差分机》的世界观设定中，世界由蒸汽时代直接进入到信息时代，中间缺失了我们熟悉的"电力革命"环节，因此将历史发展引向了一个新的维度。

另外，在我们所熟悉的现实历史中，巴贝奇所设计的分析机并没有研制成功，而在小说中，分析机不仅研制成功了，还得到了广泛的应用，甚至在19世纪就引发了信息技术革命。人们熟悉的诗人拜伦勋爵也并没有像现实生活中一样病逝于希腊军中，而是当上了英国工业激进党的党魁，积极促进工业进步和科技创新，最终还成功当选英国首相。

现实历史中的威灵顿公爵，曾经因为在滑铁卢打败了拿破仑而举世闻名，并两次出任英国首相。而在小说《差分机》中，威灵顿公爵的对手由现实中的辉格党变成了工业激进党，最后以被工业激进党人暗杀而告终。

由此可见，传统科幻小说的故事构建通常把着眼点放在某种科学技术的发展对人类的社会生活所产生的影响上，来探讨人们在面对不同科学技术成果的时候，所做出的不同反应。而"蒸汽朋克"风格的作品则在这条路上走得更远，它完全构建了历史发展的另外一条走向，在这条历史的时间线上，一切都和我们现实生活似曾相识，但一切又十分陌生。我们完全可以说，"蒸汽朋克"是科幻小说的不同类型中"脑洞"开得最大的一种。这正是以《差分机》为代表的蒸汽朋克风格小说所表现出的独特创造力和魅力所在。

《利维坦号战记》——小说速读

　　《利维坦号战记》的构建历史节点从引发第一次世界大战的费迪南大公在萨拉热窝遇刺事件开始。在小说中，故事的开端仍然是奥匈帝国皇储夫妇被刺杀的事件。与真实的历史有所不同的是，真实世界中，中午的刺杀已经成功，而小说的世界里，费迪南大公夫妇侥幸地躲过了中午的刺杀，却死于晚宴中的毒药。毒杀计划是为了嫁祸以英国为首的达尔文同盟而制订的，因此成功地引发了第一次世界大战。皇储夫妇的儿子作为皇位的唯一继承人，被迫开始了逃亡生涯。

　　可以说，这是一个在充满生化合成兽与蒸汽机械的世界中展开的浪漫故事。也正是因为如此，《利维坦号战记》在出版后深受欢迎，上市第一周即跻身《纽约时报》畅销书青少年排行榜第 5 名。被评为"美国青少年图书馆服务协会 2010 年度最佳青少年小说"等。

　　特别值得注意的是，在这部小说中，"蒸汽朋克"风格科幻小说对未来的乐观与开放思想得到了直观的体现。在小说中，主人公亚历山大·费迪南德作为落魄的王子，虽然出身高贵，却一直过着颠沛流离的生活，甚至背离了自己机械阵营的出身，委身于生物阵营之中，直到遇上了自己的爱人——女扮男装的英国平民德琳·夏普。两人虽然一直抱有结束战争的梦想，但无法阻止现实生活中仍然持续的两大阵营之间的生死较量。在和平的希望落空之后，主人公亚历山大转而去实现自己的家训——"让其他人去发动战争。你，幸运的奥地利人，去结婚吧!"最终，亚历山大带上爱人一路航行，一路恋爱，直到世界尽头。

　　正如之前提到的，"蒸汽朋克"主题作品其实延续了 19 世纪维多利亚时代的创新精神和乐观态度。这种"蒸汽朋克"式的文学也对人类未来抱有了更光明的希望，这种童话般美好的结局，在其他的"朋克"式科幻小说中是少见的。

《碎片之岛》——小说速读

《碎片之岛》是美国作家沃伦·费伊创作的一部科幻小说，故事发生在一个地处偏僻，甚至不曾出现在地图上的小岛——韩德斯岛上。这个小岛位于南纬 46 度 11 分，西经 135 度 43 分。

故事开篇叙述了 1791 年，韩德斯舰长驾驶着皇家战舰"应许"号，登上了一座无名的小岛，并将其命名为"韩德斯岛"的经历。从船长的航海日志上看，在岛上发生了许多可怕的匪夷所思的故事，前去寻找淡水的船员受到神秘怪兽的袭击身亡。除此之外，字里行间隐藏了许多无法言说的信息。

时间转眼到了现代，一艘搭载着科学家和真人秀节目录制小组的船只偶然接收到求救信号，发现了韩德斯岛，并将其看成了理想的拍摄场地。但在拍摄组在登岛探访时，却发现大量从未见过的植物和动物，这些动植物长相奇特，不像是任何已知的生物，但它们的共同点就是具有极强的攻击性。十多名登岛者在现场直播的画面中遭到猛烈的攻击，被逐一撕裂吞噬，恐怖的画面震惊了整个世界。

原来韩德斯岛形成于古老的寒武纪生命大爆炸之前，岛的外壁由厚厚的火山岩峭壁环绕，与外界保持高度的隔离状态，形成了一个与外在大陆生态迥异的小岛生态系统。

正是因为这个与世隔绝的岛屿内部生物"自给自足"的生活造成的残酷竞争，迫使所有的动植物朝着一个与常规世界完全不同的方向演化。这里的生态系统由多样的物种组成，但所有的生物相生相克，都是食物链顶端的终极捕食者，也是食物链底端的被捕食者。

根据生物学家的分析显示，随着人类交流活动的增加和环境的影响，千万年的侵蚀已经使韩德斯岛的外墙支离破碎。岛上的生物被释放出来，侵入现有的大陆生态系统只是个时间问题。而生命力和破坏力如此强大的物种一旦进入现有的生态圈，必然会给现有的生物环境造成毁灭性的结果。但人们也看到了一线希望：韩德斯岛上的物种仍然依赖淡水生活，对盐水完全没有免疫力。

因此，人们陷入了一个两难的境地：是要消灭韩德斯岛现有的小型封闭生态系统来保全整个地球大陆生态系的安全，还是本着生命平等的原则，任由自然力量来决定生态系统的走向呢？

从严格意义上来说，《碎片之岛》这部小说并没有之前我们所探讨的"蒸汽"元素，那为什么要把它列入"蒸汽朋克"主题呢？因为这部小说的主题中保留了"蒸汽朋克"风格的内核，即在生物进化过程中出现的另外一种可能。恰如与世隔绝了 5.4 亿年的韩德斯岛上，多种门类不同形态的杀手级"超智能物种"生物同时存在，形成了与外界迥异的小岛生态系统，从而说明达尔文的"进化论"其实也有另外一种发展途径。

从"蒸汽朋克"到"或然历史"

既然《差分机》《利维坦号战记》《碎片之岛》都能够以不同的视角对"蒸汽朋克"的内核进行阐释。那么如何来进一步理解"蒸汽朋克"中的哲学和科学原理呢？

"蒸汽朋克"风格小说中的这种文学构建的方式也被称为"或然历史"，英文被写作"Alternative History"，指的是在小说叙述中把我们所熟知的历史事实进行改变之后所衍生出的"新历史"或者"架空历史"。这种叙述方式并不是现实生活中历史的再现，也不是脱离现实世界的空想，而是在故事发展的过程中，对已知的历史事件和人物的存在进行暂时的"否定"，或者进行"参数"的修改，通过这种"如果历史不是这样则会怎样"（what-if）的假设，更好地反衬出这些事件和人物的相对影响力。

"蒸汽朋克"风格科幻小说哲学构建的基础，正是赫拉克利特曾经说的那句名言："人不可能两次踏入同一条河流。"由于时间的不可逆性，历史是永远不可能被改变的。如果想要探索历史发展过程中其他的可能性，只能通过文学虚构的形式来进行"思想实验"，以作家的想象为基础，构建一个现实社会的"副本"。这种为现实社会的历史发展构建"副本"的叙事方式，正是"或然历史"（或者称为"架空历史"）的故事建构思路。

从历史研究的角度来看，现实中的历史从来都不是按照一个既定的剧本发展的，反而像一条永远在不停分叉的河流一样，指向无数个可能存在的未来。这一点，也正如本章开头的时候我们所引用的《未选择的路》那首诗歌所表述的哲理一样，人们在某个关键的历史节点所做出的抉择，会如蝴蝶效应一般形成接续性效应，因此已经身处历史之中的人们是无法再回头去进行另一个选择的。

可以说，"或然历史"小说的故事构建恢复了历史发展的偶然性原则，还原了各种影响历史发展的不确定因素，并通过这种不确定因素的影响"推导"出一个确定的架空世界。这种"或然历史"小说的分岔点，可以是从任何一个历史事件引发的合理想象，比如某场战争的胜负，或某个人的出生或死亡等等。

不过，需要注意的是，"或然历史"并不是一种漫无边际的幻想，而是通过科学的方式呈现出另外一条时间线上的虚构现实，这类作品往往具有非常严谨的情节发展构建和故事叙述特征。因此，无论是"蒸汽朋克"风格的科幻小说，还是"或然历史"主题的创作，都需要作者有相当深厚的历史文化积淀和对创造力的精湛应用。而现在网络上很多被称为"爽文"的文章，往往完全抛弃了"或然历史"的科学性和严谨性，只是通过想象来宣泄自己毫无根据的幻想。借用科幻作家韩松先生的评论来说，"非科学"的架空历史，不过是表现出一种歇斯底里的改造历史的狂躁，是一种肤浅的表现。

"蒸汽朋克"和"或然历史"的科学架构

歌手邓丽君有一首经典歌曲《甜蜜蜜》，歌中有这样一句歌词，"在哪里，在哪里见过你，你的笑容如此熟悉，我一时想不起"。

在生活中，不知道大家在生活中是否也曾有过一种"似曾相识"的感觉呢？比如我们走进一个陌生的房间，或者看到一个情景，甚至是听到某些声音的时候，明明一切都是第一次看见或听见，但我们的脑海中有一种声音在提醒我们，好像之前曾经在某时某地有过类似的经历，却又无法准确地回忆起来。这种冥冥之中的感觉常常被称作"既视感"，在法语中被写作"Déjà vu"。

无独有偶，在小说《红楼梦》中，贾宝玉初见林黛玉时，也有类似的一段描写。

　　黛玉一见，心下想到："好生奇怪，倒像在哪见过一般，何等眼熟到如此！"
　　……
　　宝玉看罢，因笑道："这个妹妹我曾见过的。"贾母笑道："可又是胡说，你又何曾见过他？"宝玉笑道："虽然未曾见过他，然我看着面善，心里就算是旧相识，今日只做远别重逢，亦未为不可。"贾母笑道："更好，更好，若如此，更相和睦了。"

在这一段描述中，抛开小说中关于"木石前盟"的神话设定，贾宝玉和林黛玉两人第一次见面就"心有灵犀"，是不是也是我们常

说的"既视感"的一种表现呢？

科学研究普遍认为，这种"既视感"是人的一种正常生理现象，也被称为"幻觉记忆"。它的来源是大脑皮层的一种特殊的知觉，甚至是因为某种相似的环境而引导出脑海中所存储的记忆碎片。其实，除了用心理学或生理学等理论来对"既视感"进行还原之外，还有一种更加神奇的解释方式，这就是"平行宇宙"理论。

美籍日裔科学家加来道雄在代表作《平行宇宙》中对这一理论提出了十分贴切的比喻。

> 按照莎士比亚所做的比喻，整个世界是一个舞台，那么广义相对论允许有地板门存在的可能。然而，这些地板门不是引导我们进入地下室，而是进入和原来舞台一样的平行的舞台。想象生活的舞台是由多层舞台构成的，一个舞台在一个舞台的头顶。在每个舞台上，演员念着他们的台词，在舞台上走来走去，以为他们的舞台是唯一的舞台，不知道还有其他舞台存在的可能性。然而，如果有一天一位演员落入地板门，他将发现他掉进了一个全新的舞台，在这个舞台上有新的法律、新的规则和新的剧本。①

由此可见，如果多重世界真的存在的话，那么描述客观世界的"我们"的世界就可能变成"我"们的世界了。各位读者，你能看出两种表述方式的不同吗？

在文学领域中，"蒸汽朋克"主题科幻小说中所体现出的对客观世界的多样化描述，正是这种平行宇宙和未知可能的文学化表达。

①　[美]加来道雄著，伍义生、包新周译：《平行宇宙》，重庆：重庆出版社，2008年，第8页。

而在日常生活中，曾经植根于科幻文学的"蒸汽朋克"已经逐渐演化为一种特色鲜明的文化形式。

可以说，"蒸汽朋克"风格的美感其实来自历史的坟墓。尽管如今蒸汽机已经告别了历史舞台，但它却以另一种姿态在亚文化世界中重生。这种"重见天日"的基础，其实是源自人们对现代简约风格的审美疲劳而产生的"怀旧感"。如果真的让现代人回归19世纪那种原始、粗糙、充满污染的粗笨生活的话，恐怕也是做不到的。从某种意义上来说，"蒸汽朋克"中所表现的，更多是建立在对现代科技失望的"陌生感"的基础上，表现出的对蒸汽时代可触碰的"亲切感"的怀念。不客气地说，西方"蒸汽朋克"文化流行的根本原因并非因为出于对这种科幻文学的热爱，更多的是对怀旧生活的好奇，甚至有点"叶公好龙"的感觉。

"蒸汽朋克"主题科幻小说，包括其中蕴含的"或然历史"的叙事内核，并不在于使人像乘坐时间机器一样穿越回历史之中去重新过一遍曾经的日子，而是在某个时间节点上设定一个"支流"，构想一下如果事情的发展不是像既成的历史一样的话，世界会变成什么样子。这个世界也许和我们的现实世界完全"平行"，也许会有一定的"交汇"，但无论如何，我们都会从中发现现实生活的影子，因此，作为现实世界的一面"镜子"，"蒸汽朋克"主题科幻小说通过提供无数种幻想的可能，为我们塑造了一个可以和现实世界"相提并论"的世界，促使我们从一个"陌生化"的虚构视角更加清晰地认知实际存在的现实。

如果真的有"平行宇宙"能够让我们进行选择的话，我们会更愿意切换到充满了大机械设备的蒸汽朋克世界中呢，还是更愿意生活在现实的世界里呢？我们在生活中可能曾经做出过某个影响深远的决定，不妨思考一下，如果当时我们做出了不同的选择，现在的自己又会是什么样子的呢？

"中国科幻" 篇

中国科幻：丰满的想象与骨感的现实

 **导语**

在本章的话题中，让我们重新把视线聚焦到中国科幻小说的发展历程上，共同回顾一下中国古代幻想文学的辉煌成就，梳理一下近代中国科幻文学的发展历程，了解一下以现代中国优秀科幻文学作品为代表的华人科幻文化，向世界表达中国的科幻话语。

在这个话题开始之前，我们不妨先来思考几个问题。

1. 历史上，中国人缺少科学吗？
2. 历史上，中国人缺少幻想吗？
3. 历史上，中国人缺少小说吗？
4. 历史上，中国人缺少科学幻想小说吗？

 ## 古代中国幻想文学——空灵的浪漫

中国人缺少科学吗？相信对于这个问题，大家的回答一定是否定的。作为四大文明古国之一的中国，在漫长的历史长河中曾经出现过无数辉煌的科学成果。从药理学巨著《本草纲目》，到数学著作

《九章算术》；从《水经注》中对地理学的探索，到《天工开物》《梦溪笔谈》等百科全书式的科学记录……中华民族自古以来的科学探索精神为我们留下了灿烂而丰富的科学遗产。

在科技应用层面上，除了改变整个世界文明发展走向的四大发明之外，各种古籍中所记载的精巧的工具和应用也给人留下深刻的印象。比如《墨子》中曾经记载"公输子削竹木以为鹊，成而飞之，三日不下"的故事，《论衡》中也有"巧工为母作木马车，木人御者，机关俱具，载母其上，一驱不还，遂失其母"的记录。这些神奇的器械即使放在现代，也是高科技的代表。

那么，中国人缺少幻想吗？相信大家对于这个问题的答案一定也是否定的。在中国的传统文学中，从来也不缺乏各种以幻想为主题的作品，无论是游历四海的《镜花缘》，还是西天取经的《西游记》，瑰丽的幻想无不让人叹为观止。中国古代的幻想主题文学作品甚至可以一直追溯到先秦时代的《山海经》。"共工怒触不周山""女娲补天""精卫填海"等叙事传说虽然有很强的神话色彩，但更让人惊叹的则是中国人自古以来从不缺少的那些对自然、对异质世界的想象和幻想。

从以上的话题中，我们可以得出一些结论：中国人既不缺少幻想，也不缺少科学。那么，如果把这两个概念综合起来的话，中国人缺少科学幻想小说吗？对于这个问题的答案，丰满的想象与骨感的现实形成了强烈的对比，不由得让人联想起那个困扰人们已久的"李约瑟难题"。

接下来，我们不妨一同对中国科幻文学在近代历史上的发展历程进行一点简单的梳理，共同思考一下，为什么"科幻小说"这种类型文学，并没有出现在既不缺少科学，也不缺少幻想的中华大地呢？

近代中国科幻文学——沉重的现实

1840 年，鸦片战争爆发，西方列强凭借着"坚船利炮"打开了清王朝闭关锁国的大门。列强的侵略在给中国人民带来无尽苦难的同时，也让当时的人们意识到，无论是科学技术还是精神文化——"落后就要挨打"！

正如所谓的"国家不幸诗家幸"，科幻小说正是在这个灾难深重的时代进入中国。19 世纪 90 年代，一位叫作"李提摩太"的英国传教士将"Science fiction（科学小说）"作为文学读物带到中国。很快，这种将科学幻想架构和故事叙述有机结合的文学类型引起了文学界中开明人士的注意，意识到这种新颖的文学形式中蕴藏的积极意义，并开始主动地进行译介和创作。从 20 世纪初开始，"科幻小说"这种西方舶来品逐渐为中国读者们所熟悉。

当年，许多翻译家、文学家都成为引进国外科幻小说的主力，诸如凡尔纳、威尔斯等国际著名科幻作家的作品不断地在中国得以翻译出版。1902 年，梁启超在自己主办的《新小说》杂志上开设了"哲理科学小说"专栏，刊登科幻小说。除此之外，文学家鲁迅先生也着手从日文版本翻译了凡尔纳的小说《从地球到月球》。鲁迅先生在其所撰写的《月界旅行·辨言》中提出，科幻小说最大的特点是"经以科学，纬以人情"。因此"导中国人群以进行，必自科学小说始"。鲁迅先生的这一观点是希望通过科幻小说中蕴含的科学元素引起读者对科学的兴趣，从而达到科普的目的，使当时的人们摆脱蒙昧的混沌状态。在此后很长的一段历史时期内，鲁迅先生提出的这一针对科幻文学的译介、创作的思想发挥了很强的指导意义。

除了译介国外科幻作品之外，当时的社会形态所发生的重大转折也为科幻小说作家们提供了丰富的想象空间，一大批中国原创科幻小说也开始粉墨登场。

1904 年，荒江钓叟所创作的科幻小说《月球殖民地小说》在《绣像小说》上得以连载。这是目前公认的中国第一部科幻小说。小说描写了一个叫龙孟华的年轻人为了报仇，刺杀清朝官员未遂，因而流亡海外。他的日本朋友玉太郎发明了世界上最先进的飞艇，帮助龙孟华到世界各地寻找失散的妻子。在小说的结尾处，一个神秘人士出现，把龙孟华和他的妻儿一起带到月球去了……

《月球殖民地小说》其实并没有真正完结。据统计，这部小说共发表了 35 回，字数达 13 万字，非常完美地把章回小说的形式和科幻小说的内核结合起来，形成一部带有明显"中国特色"的科幻小说。因此人们把"荒江钓叟"这位至今仍然不知真名实姓的作者认定为中国原创科幻小说的鼻祖，把小说发表的 1904 年认定为中国原创科幻小说"元年"。

除了《月球殖民地小说》之外，在中国人逐渐开始"开眼看世界"的时代，一系列具有影响力的科幻小说应运而生。作为中国科幻小说创始者之一的徐念慈，在这一时期以"东海觉我"的笔名发表了科学小说《新法螺先生谭》；梁启超创作了通过科幻文学幻想中国发展的《新中国未来记》；吴趼人则创作了以《红楼梦》为想象原本的《新石头记》等。

在 2010 年上海世界博览会的国际论坛上，时任国家总理的温家宝同志特地在讲话中提到了一位 100 年前就已经"预言"了上海飞速发展的科幻作家——陆士谔。在陆士谔于 1910 年创作的科幻小说《新中国》中，曾经有这样一段"神预言"。

> 宣统二十年，开办万国博览会，为上海没处可以建筑会场，特在浦东辟地造屋。
>
> ……现在浦东已兴旺得与上海差不多了。

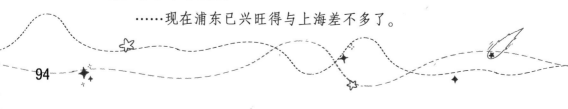

中国国家银行分行，就开在浦东呢！

可以说，从清末开始的中国科幻小说创作是一种本土科幻文学发展的初期探索，这一时代的科幻作品呈现出迥异的风格和内容，有政治预言，有技术畅想，也不乏科普童话似的叙述和改造国民精神状态的疾呼。然而在当时风雨飘摇的社会背景之下，占有更大比例的，则是那些表现出科幻作家忧国忧民情感的社会性科幻小说作品。

在这一历史时期的科幻文学作品中，最具代表性的就是老舍先生于1932年所创作的《猫城记》。即使现在读起来，这部具有强烈的"反乌托邦"风格的作品也完全不输给那些具有世界水准的科幻小说。

除了老舍先生之外，科幻科普作家顾均正先生，在1939年发表了科幻小说《在北极底下》，也引起了巨大的轰动。

南方科技大学的吴岩教授曾经对中国科幻文学的发展进行过这样的论述："中国古代人与自然相关的叙事文学大致沿着两条线索。第一类崇尚宏大的场景设计和空灵的氛围营造，力图表现全宇宙或全物种的兴衰，通常还具有丰富的视觉性和独特的世界观。第二类力图贴近普通人的生活，力图将想象力与个体的生存联系起来。"

可以说，自从"科幻小说"真正在中国出现以来，曾经有过对未来的美好畅想，但始终受制于当时动荡的时代和落后的社会制度，无法摆脱现实生活的沉重锁链。恰如诗人文天祥在《过零丁洋》中所写的："山河破碎风飘絮，身世浮沉雨打萍。"我们可以想象，在那段风雨飘摇的时代，偌大的一个中国，连一张书桌都无法放下，更何况进行科幻创作了。直到1949年中华人民共和国成立之后，压在科幻文学创作头上的这座"大山"才真正被搬开。

现代中国科幻文学——浴火重生的辉煌

中华人民共和国的成立使科幻创作再度复兴。在新的时代中，科幻小说逐渐从流行文学的范畴中脱离出来，进入"科普文学"的创作领域，一次次焕发出蓬勃的生机。

董仁威先生在《中国百年科幻史话》一书中总结道，从1949年至1983年，中国曾经出现了两次科幻热潮，一次是1949年后至"文革"前，一次是"文革"后至1983年。

张然创作的作品《梦游太阳系》出版于1950年，被普遍认为是中华人民共和国成立后的第一部科普型科幻小说。在这部小说中，主人公的神奇经历展现给读者一系列由科学引发的奇思妙想，起到了有效的科学普及的作用，可谓科幻小说在新的历史时期中良好的开端。

中国科幻文学的第一个热潮时期以郑文光先生于1954年出版的科幻小说《从地球到火星》为主要标志，这是中华人民共和国成立以来第一篇具有轰动效应的科幻小说，其社会影响不容小觑。一个直观的例子就是，这部小说发表之后，曾经在北京掀起了一股天文热。

这一阶段中，还有迟叔昌于1956年发表的小说《割掉鼻子的大象》、童恩正于1960年发表的小说《古峡迷雾》等。

2021年3月，由科幻研究学者三丰先生牵头创办的公益性项目"久隆计划"对1949年至"文革"前国内所出版的科幻文学图书进行系统化收集整理。经统计，在中华人民共和国成立后的17年中，共出版科幻图书120种，其中原创作品37种、引进作品72种、连环画11种。这些珍贵历史资料的整理工作对人们系统了解中国科幻发展历程而言，具有重大意义，这一项目至今仍在进行之中。

这一阶段的中国科幻小说保持着"科普文学"的风貌，并逐渐进入到儿童文学的范畴之中。从主题和内容上来看，这些科幻小说所描述的科技进步跟社会发展相互协调，故事叙述轻松明快，主题中凸显的积极乐观的态度体现出当时全国上下共同努力建设新中国，走向共产主义的崇高思想。

虽然随后发生的"文化大革命"给科幻文学创作带来了一段低潮期，但中国科幻作家们并未就此隐退。随着社会发展回到正常轨道上来，一支有着强大影响力的优秀科幻作家队伍再次带来了中国科幻的中兴。

1978 年，叶永烈先生创作的科幻小说《小灵通漫游未来》引起了全社会的广泛关注。有评论在回顾这部作品的时候，将其描述为"一个精准对位于 20 年后中国未来的漫游故事"，此言不虚。这部小说中所描述的一切，在出版时还都是想象的产物，但许多事物在 20 年后都已经变成了现实。因此，科幻作家韩松在评价这部小说时认为，《小灵通漫游未来》准确地塑造了 21 世纪初中国的状况。

这部科幻作品也曾对国内的通信技术领域产生影响。在移动电话全面普及之前，曾经有一种类似"移动固话"的通信工具，就被命名为"小灵通"。这个名字正是对这部小说作品的"致敬"。毫不夸张地说，《小灵通漫游未来》以 300 多万册的发行量刷新了中国科幻的出版纪录，成为当时那一代憧憬着"四个现代化"美好未来的少年儿童珍贵的记忆。

与《小灵通漫游未来》比肩的，是同时期郑文光先生出版的著名科幻小说《飞向人马座》。

《飞向人马座》是有关太阳系探险的故事。因为敌人的偷袭，飞船"东方号"被意外发射并飞向人马座，机舱里的三位少年不仅要经历太空求生，还要学会如何应对未知的危险。最终，三位少年利用所掌握的天文知识与前来救援的飞船进行对接并最终安全回到地球。《飞向人马座》这部作品充分表现了人们对宇宙，对科学知识的无限憧憬和向往，表达了乐观的斗争精神。因此，这部小说也被认为是中国科幻小说发展历史上具有里程碑意义的作品。

1982 年到 1983 年间，社会上掀起了一股对科幻作品不信任甚至批判的热潮。正在"春风得意马蹄疾"的科幻文学由于自身发展的内在和外在的原因，遭遇一场"寒冬"。

在一部题为《追梦人：四川科幻口述史》的作品中，科普科幻作家王晓达先生在回忆中引用了叶永烈先生的分析，认为当时科幻文学所处的主要境地是"文学界不重视，科学界的批判又太多苛责"。王晓达先生认为这些是与科幻科普创作的本质密不可分的，因为科幻文学作品的一个明显的特征就是科学跟文学的纠结。科学讲究严格的逻辑思维，讲规律，要定论，要数据，而文学是形象思维，象征着感情、审美。这两者的真正融合才是科学幻想。

董仁威先生认为，当时关于姓"科"和姓"文"的讨论是很正常的，党中央也很快发现并进行了及时的纠正，但即使如此，也对当时的中国科幻小说发展产生了一定的影响。由此可见，对待科幻创作，还是要有一种开放包容的心态。文学园地只有百花齐放，才有旺盛的生命力。

随着中国改革开放新阶段的开始，20 世纪 90 年代之后科幻文学重新恢复了生机。1991 年，四川的《奇谈》杂志改刊为《科幻世界》，成为国内首屈一指的科幻专题杂志。同年世界科幻协会年会的成功召开也显现出中国科幻的影响力。

浴火重生之后的中国科幻小说在百花齐放、百家争鸣的创作环境中羽翼渐丰。特别是进入 21 世纪以来，中国科幻文学又一次迎来了黄金发展期。

多年以后，我还会记得看完《三体》的那个秋夜，我走出家门，在小区里盘桓。铅灰色的上海夜空几乎看不到几颗星星，但是我的心中却仿佛有无限的星光在涌动。这是一种奇异的感受，我的视觉、听觉和思维都好像被放大、重组和牵引，指向一个浩瀚的所在。

这段文字是复旦大学严锋教授在他为《三体》所做的评论中写到的一段话，正是由于有了这样深刻的阅读体验，严锋教授将《三体》誉为"单枪匹马把中国科幻提升到世界水平的科幻小说"。

可以说，《三体》这部作品的最大特点，是试图用宇宙尺度的宏观视角拷问人类文明存在本身的结局和意义，特别是小说中所表现出的宇宙的"零道德"特征和"黑暗森林"法则，进一步将这种宏观拷问和宏大叙事推到了极致。

从 2019 年春节开始，国产科幻电影《流浪地球》引起了全社会广泛的关注，成为中国历史上第一部"重视效"工业化电影。这部作品改编自刘慈欣的同名小说《流浪地球》，这篇小说是刘慈欣为 1999 年的科幻文学笔会专门创作的。从文学和影视主题的角度来看，这篇小说和电影作品的美学核心就在于通过"科学技术"手段推动世界在宇宙中流浪的超现实意象。而在电影中，当人类团结一心，拼尽全力推动地球远离木星轨道的壮举，正是"人类命运共同体"这一全球价值观在作品中的最佳体现。

作为当代中国科幻扛鼎之人的刘慈欣只是众多当代科幻作家中的一员。得益于科幻产业的深远发展和稳定发展的社会环境，一大批青春气息十足、作品风格各异的作家也登上了创作舞台，例如曾经获得 2016 年"雨果奖"的科幻作家郝景芳、被誉为"中国的威廉·吉布森"的青年科幻作家陈楸帆、"宝刀不老"的高产科幻作家王晋康等。

中国台港澳及海外华人科幻文学——同根、同源、同心

正如歌曲《我的中国心》中所唱的，"无论何时，无论何地，心中一样亲"，在中国内地科幻文学长足发展的同时，中国台湾、中国香港、中国澳门乃至海外华人的科幻创作也呈现出"百花齐放、百家争鸣"的蓬勃发展态势。

1954 年，赵滋藩的科幻小说《太空冒险记》成为香港地区出版的第一部科幻小说，赵滋藩也因此被称为香港本土科幻文学的创始人。

1962 年，倪匡开始用笔名"卫斯理"写小说，从小说《蓝血人》开始，卫斯理系列小说正式走向科幻方向，这也是许多出生于 20 世纪 80 年代的人小时候最熟悉的香港科幻小说。

除此之外，1994 年，黄易写作出版的结合历史、科幻、战争、谋略的《寻秦记》，也成为我们十分熟悉的"穿越"主题科幻小说。①

中国台湾的科幻文学也起步较早，根据日本科幻研究学者武田雅哉的《中国科学幻想文学史》记录，1968 年，张晓风的科幻小说《潘渡娜》发表，成为台湾发表的第一篇科幻小说。小说具有与"科普型"科幻不同的叙事脉络，通过将人类的剧本投影在未来世界，"丰满地刻画出现实生活中看不见的某些人性"。②

刘兴诗先生在《追梦人：四川科幻口述史》一书中回忆了当年海峡两岸的科幻"破冰行动"。这一行动是一项从"一个中国"的

---

① 董仁威：《香港科幻大事记》，中国作家网 http://www.chinawriter.com.cn/n1/2017/0419/c404079-29222389.html

② ［日］武田雅哉著，李重民译：《中国科学幻想文学史》，杭州：浙江大学出版社，2017 年，第 198 页。

基本原则出发，从两岸科幻作家相互了解开始所进行的一系列旨在推动和平统一，维护"一个中国"原则的科幻文化交流活动。刘兴诗先生回忆，20世纪80年代的时候，他和香港地区、台湾地区的科幻作家分别联系了一下。首先找到了认同"一个中国"理念的张系国从中联络，促进两岸科幻作家共同认可"一个中国"的基本原则。1993年，台湾地区第一个科幻作家吕应钟访问大陆，被称为两岸科幻界互访的破冰第一人。

2000年，刘兴诗先生应邀访问台湾地区，进行了科幻演讲，并在高雄与当地作家群交流。1998年，科学童话《没法举行的宴会》进入台湾地区学校教师研习会编印的四年级下期普通话教材。这算是大陆科幻作品第一次在台湾地区出版，大陆作家作品第一次进入台湾小学课本，也可以算是具有一种破冰意义的事件①。

海外华人的科幻文学创作在海外也呈现出蓬勃的生命力。董仁威先生在其所编撰的《中国百年科幻史话》一书中，详细地列举了海外华侨华人在科幻创作领域的巨大成就。

1977年，美籍华裔科幻作家伍家球在美国发表第一篇科幻小说。

1986年，伍家球的短篇科幻小说《洪先生的虚张声势》获"雨果奖"和"星云奖"提名，让华人第一次与科幻界最高奖亲密接触。

1991年，美籍裔科幻作家姜峯楠（或译成特德·姜）的《巴比伦塔》获得"星云奖"，并获"雨果奖"提名。这是华人科幻作家第一次获得"星云奖"。

2000年，姜峯楠的作品《你一生的故事》获得"雨果奖"，这是华人首次获得该奖项，这部作品后来被改编成科幻电影《降临》。

2015年，刘慈欣的长篇小说《三体》在经刘宇昆翻译后获得

① 侯大伟、杨枫：《追梦人：四川科幻口述史》，成都：四川人民出版社，2017年，第137页。

"雨果奖",这是华人首次获得"雨果奖"长篇小说奖,也是中国作家首次获得"雨果奖"。

2016年,郝景芳的《北京折叠》获"雨果奖"中短篇小说奖,这是中国女作家首次获得"雨果奖"。翻译者也是刘宇昆。①

在这里不得不提到的一位优秀科幻作家、译者,就是刘宇昆。

刘宇昆出生于1976年,是美籍华人。在8岁的时候,他和父母从兰州移民美国,学成之后从事律师和程序员工作。2012年,刘宇昆的作品《手中纸,心中爱》获得"雨果奖""星云奖"最佳短篇故事奖,2013年,小说《物哀》又一次同时获得这两个奖项。在科幻作家陈楸帆先生和三丰先生等人的共同努力下,刘宇昆的多部作品被译介至国内,逐渐被科幻爱好者们所熟悉,刘宇昆也因此被亲切地称为与刘慈欣"大刘"齐名的"小刘"。恰如董仁威先生的评价:"中国科幻发现刘宇昆,刘宇昆发现中国科幻,对于世界了解中国科幻,中国科幻走向世界,都有非凡的意义。"

可以说,当代中国的科幻文学和产业正处于全力发展的顶峰时期,短短的一个章节远远无法穷尽正处于"现在进行时"的优秀科幻作品。当我们在此暂时画上一个小小的"休止符"的时候,不妨再次引用吴岩教授在《中国科幻小说极简史》一文中对当代中国科幻发展现状的一段评论:"进入21世纪的第二个十年以来,华人科幻作家逐渐在世界科幻体系中展露出整体的优势。姜峯楠、刘宇昆、余莉莉、朱中宜等通过他们独特的叙事,在英语世界建立起了全新的中国科幻的形象。而在创意产业整体繁荣的大趋势下,科幻小说跟电影、电玩、卡通、动漫等的融合将为中国科幻的未来发展带来哪些更新的新局面,我们将拭目以待。"

---

① 董仁威:《中国百年科幻史话》,北京:清华大学出版社,2017年,第64页。

后　记

科幻世界，我的"重拾"与"重识"

　　我出生于20世纪80年代，儿时的生活中虽然没有如今孩子们繁重的课业负担，但也并没有太多的享乐与休闲。当时正处于改革开放初期，经济大潮和"金钱至上"的观念还没有对位于东北边陲的家乡小镇产生冲击，如果问到青少年未来的志向，十有八九会得到"想当科学家"的答案。但梦想和现实终究是有一定差距的，随着我们这一代人逐渐成家立业，许多人想要成为科学家的梦想也都伴随着生活的变化和岁月的蹉跎"任凭雨打风吹去"了。

　　我的"科幻生涯"开始于小学时期。那时，不少同学放学后会去游戏厅、台球室消磨时间，而我却会和几个志同道合的小伙伴一起"泡"在当时市内最大的新华书店里。在那里，最吸引我们的并不是那些大部头的文学经典，而是琳琅满目的科普书籍。对于渴求知识的我们而言，那些常常被冠以"世界未解之谜"等主题的图书，不啻一扇扇通向神秘世界的大门。

　　小时候，家人对我的教育向来都是十分慷慨的，只要是想看的书，父母都会不惜节衣缩食地给我买来。因此，我的书架上一直存放着《十万个为什么》《少年科学画报》和"科学小博士文库"等读物，这也使我常常成为同伴们羡慕的对象。这些书籍也承载了许多珍贵的回忆，虽然几经辗转，一直珍藏至今。

　　回想起来，和今天如此先进的互联网资讯比较，当时的书刊不仅印刷质量不高，内容上也有很多不够严密之处。比如对"外星人"

的介绍就掺杂了不少经不起推敲的因素。我印象最深的就是一本介绍"太阳系九大行星"的小册子（这里需要说明一下的是，那个时候的"九大行星"并不是错误，因为冥王星直到2006年才真正被排除在大行星行列之外，我上学的时候，小学、中学的地理课本里都写着太阳系有"九大行星"的）。这本书封二的黑白图片上印着一张模糊的、由"海盗四号"拍到的火星地表的"人脸"照片，书中洋洋洒洒地用很大篇幅描述了火星帝国的产生、发展与衰亡。现在想来，这些关于火星存在生命的文章，其中很大一部分应该是作者自己的主观臆断。不过这样一本书也曾让我和身边的几个男孩子大开眼界，如获至宝。"火星人是否真的存在"成为我们连续几个月的讨论话题。当时我们这群小伙伴所能够想到的"最科幻的事"，要么是希望自己某一天能够乘坐宇宙飞船飞向太空，要么是希望会发现有一个外星人来到我们的世界（这一点也可能和当时流行的《霹雳贝贝》等科幻电影不无关系）。那时候，幻想作为我们这群孩子们最大的娱乐方式，对我们的影响不言而喻，"外星人""宇宙""科学幻想"等都是我和小伙伴们常挂在嘴边的新名词，每次讨论时说出这些，感觉自己俨然成了科学的代言人。

小时候读过的科幻小说中，给我留下深刻印象的是苏联作家亚历山大·别利亚耶夫的《沉船岛》和阿·卡赞采夫的《太空神曲》，这两本书都是在姥姥家的柜子里翻出来的。对于当时正如饥似渴般获取知识的我来说，它们可谓是我的科幻启蒙读物，至今我还清楚地记得《沉船岛》中描写的马尾藻海和加勒比海湾的洋流，在当时的我看来，它们简直成了"神秘"的代表。后来我曾经不止一次地在地球仪上试图寻找小说中"沉船岛"的位置，虽然一无所获，但仍然乐此不疲。除此之外，肖建亨先生的科幻小说集《密林虎踪》也让我十分难忘。

记得在20世纪90年代某本杂志上曾经刊载过一篇小说，题目叫作《翼手小飞龙》，大概的内容是一个孩子在一块存着水的石头里发现了恐龙蛋，然后孵化出一只翼手龙的故事。这篇小说引起了我对恐龙世界的兴趣，天天梦想自己也能养一只恐龙。回想起来，在我童年时期出现的那些天马行空的幻想，几乎都是拜科幻小说所赐。

当然，童年的日子里也有些许遗憾，因为当时手头拮据，像《科幻世界》这样的杂志，当时只能在邮局旁边的报刊门市部里翻翻看看。现在想起来，顶着营业员的"白眼"如饥似渴地阅读科幻杂志的自己也是很有勇气的。

成长于科学幻想小说的浸淫之中，我偶尔也会养成一些小小的习惯，比如没事的时候经常喜欢仰望天空，特别是在北方的冬季，呼吸着清冽的空气，仰望着漫天的繁星，让我不由得幻想起其他星球上"人类"的生活，盼望着某一天发现 UFO 存在的蛛丝马迹等——这些感觉真是久违了。

记得在小学五六年级的时候，因为受到当时一部火爆的电视剧《编辑部的故事》的影响，我对编辑工作十分好奇，甚至和几个朋友一起成立了个小小的"编辑部"，第一部作品就是集体创作的科幻小说《斯芬克斯之谜》（里面囊括了"外星人""金字塔""时空旅行""百慕大三角"等各种神秘现象）。可惜的是，后来随着学业任务日渐繁重，越来越多的时间被花在功课上，能够真正抽出来读科幻、写科幻故事的时间少而又少，加上儿时的伙伴们随着一次次升学各奔东西，我们的"科幻编辑部"和第一部作品也就不了了之了。长大后，看到姚海军先生创立科幻迷杂志《星云》的经历，深感不易，回想起那个时候我们几个小孩子天真的想法，或许终究只能是幻想罢了。

再次进入"科幻世界"，就是 1999 年的事了。相信和我同一届参加高考的人一定会对当时的语文高考作文题目《假如记忆可以移植》记忆犹新。这个题目让我"脑洞大开"，在考场上用科幻小说的形式写成了一篇高考作文——故事中，科学家通过发掘数学家费马的墓穴，提取出残存的大脑细胞进行复制，通过克隆出来的记忆最终解开费马定理。可惜的是，这篇作文的分数让我大跌眼镜，而同桌的一篇抒情小散文却得了不低的分数，现在想起来还是不由得感叹：看来科幻小说的确是"小众的艺术"啊！

2019年，电影《流浪地球》红遍大江南北，我偶然在《〈流浪地球〉电影制作手记》一书中读到，原来当年郭帆导演、制片人龚格尔和我竟然是"同道中人"，都曾经坐在1999年的高考考场中，面对着同一个作文题目。

当年，我从考场出来听到的第一个消息，就是1999年第7期的《科幻世界》杂志刚刚刊登了一篇有关记忆移植的小说。《科幻世界》准确地"押"对了高考作文题目的消息一下子成为当时的爆炸性新闻。很多家长都后悔没有让孩子先读一下当月的杂志，不过这一事件所带来的最大的后续影响，就是《科幻世界》成了接下来几年初中、高中学生的必读刊物。这种神奇的机缘巧合应该也造就了一大批科幻小说的忠实读者。不过，这批读者群中哪些是真正的科幻迷，哪些是抱有一定功利心，指望再出现一个类似的高考作文题目的，就不得而知了。2018年，高考全国卷（III）中出现了以刘慈欣的科幻小说《微纪元》为主题的阅读题，也算是和曾经的作文题目进行的一次隔空呼应。

参加工作后，因为一个偶然的机会，我"重拾"了科幻小说。在出差的时候，偶然间买到了一本詹姆斯·洛尔斯的《末日爱国者》。当我饶有兴趣地读完整部小说，临下飞机的时候，一眼瞥到腰封上赫然写着的"科幻小说"四个字，不免感觉心头一震。在那一瞬间，儿时读科幻小说、写科幻故事的记忆立即浮现出来，直到这时我才意识到，离我远去的不仅是儿时的青涩时光，还有对一个未知的科幻世界的憧憬。于是，正如电影《终结者》中的经典台词"I will be

back（我会回来的）"一样，我又一次拾起久违的科幻文学。但与小学时代懵懵懂懂的状态不同的是，拥有了一定的社会阅历和生活经验之后，我在阅读过程中有了更加独特的视角，在"重识"科幻小说这一熟悉又陌生的文学题材时有了更多的收获。

与此同时，有了互联网的帮助，我也通过网络认识了一大批在科幻文学领域中活跃着的志同道合的伙伴，不仅和陈楸帆、王侃瑜等优秀的青年科幻作家成为好友，也认识了宋明炜先生、三丰先生等科幻研究学者，更有机会结识了吴岩老师、付昌义老师、郭伟老师、刘健老师等前辈，向他们学习先进的科幻课程开展方式；在"高校科幻"平台上，我也结识了赵文杰、许艺琳等一大批"小伙伴"。

从 2017 年开始，我在华侨大学开设了题为《科幻小说赏析与创意写作》的通识选修课程。大学生们在科幻课堂上表现出的充沛的活力和创造力让我十分感动，特别是学生们对科幻小说这一特殊文学类型的喜爱，让我从他们的身上看到了自己的影子，这也鼓励了我将更多的精力投入其中，通过课堂研讨、师生共学甚至 cosplay（角色扮演）等方式呈现小说主题和内容。同学们的科幻写作中也充满了奇思妙想和创意思维，我曾经把一些优秀作品整理出来集中推荐给《华侨大学报》，在编辑老师的指导下，校报中有两期用专门的整版版面登载了同学们的习作，足可见科幻热潮巨大的影响力。同时，这门选修课也得到了国际友人——远在美国德保罗大学的 John Shanahan（约翰·沙纳汉）教授的热情参与和共同建设，在我们的共同努力下，《科幻小说赏析与创意写作》课程除了获得多个教学改革立项之外，还在 2019 年被评为"福建省一流课程"，2020 年被评为首批"国家一流线下课程"。

"重识"科幻，也改变了我的思维方式，恰如加拿大科幻研究学者达科·苏恩文所提出的"认知·陌生化"理论中所阐述的那样，科幻小说为我理解文学作品乃至理解整个世界提供了一个不一样的视角，促使我学会从不同的角度认识这个社会。而当视角改变的同时，随之改变的是整个人看待问题的心态。例如在威尔斯的《世界之战》中，我读到的不仅是火星人的入侵，更是地球上不同文化的冲突和斗争；在《星际迷航》中，我不仅看到了太空探索的奇观，更看到了作品对冷战世界的再现和反思。这种创新性的思维方式是我"重识"科幻之后的最大收获。

对于我个人而言，"重拾"科幻小说还对自己本职教学工作产生了积极的促进，科幻同专业工作的结合给我带来了更多的创新思路。记得2016年，我带着自己所制作的科幻主题作品参加"外研社杯"微课比赛，并获得一等奖。但更让我激动的是，一位来自山西的老师特地跑过来对我说："刚才你作品里提到的刘慈欣，就住在我们家附近，经常能看见他在楼下散步。"

"这世界真小。"我对自己说。在这个小小世界里，除了把自己的希望寄托给科幻的星辰大海，我们还能干什么呢？

以上就是我"重拾"科幻之后，对科幻的"重识"。亲爱的读者，读过了本书中的各个主题之后，你会不会和我一样，重新拾起科幻小说，重新认识科幻小说中塑造的奇异世界呢？

2021年9月

（本文为纪念中国科幻"银河奖"31周年而作，于2017年5月载于《科幻世界》公众号，经删改、完善后，收入本书）